KB072708

전능의 팔찌

THE OMNIPOTENT
BRACELET

김현석 현대 판타지 소설
FUSION FANTASTIC STORY

전능의 팔찌 18

김현석 현대 판타지 소설

초판 1쇄 찍은 날 § 2013년 1월 29일
초판 1쇄 펴낸 날 § 2013년 2월 5일

지은이 § 김현석
펴낸이 § 서경석

편집부장 § 권태완
편집책임 § 박우진

펴낸곳 § 도서출판 청어람
등록번호 § 제1081-1-89호
등록일자 § 1999. 5. 31
어람번호 § 제1-1536호

주소 § 경기도 부천시 원미구 심곡2동 163-2 서경B/D 3F (우) 420-822
전화 § 032-656-4452 팩스 § 032-656-4453
http://www.chungeoram.com
E-mail § E-mail § chungeorambook@daum.net

ISBN 978-89-251-3162-7 04810
ISBN 978-89-251-2596-1 (세트)

전능의 팔찌

THE OMNIPOTENT BRACELET

18

FUSION FANTASTIC STORY
김현석 현대 판타지 소설

CONTENTS

Chapter 01 어때, 재미 좋았어? 7

Chapter 02 수석호위 라세안 31

Chapter 03 소드 마스터 가르치기 57

Chapter 04 부담스런 동행 83

Chapter 05 마탑주는 10서클 109

Chapter 06 아드리안 공국의 현재 133

Chapter 07 두바이에서 걸려온 전화 159

Chapter 08 싸다고 못 믿냐? 183

Chapter 09 국수 언제 먹여줄래? 207

Chapter 10 오빠 믿지? 231

Chapter 11 시집간 다음에 복귀하겠습니다 259

Chapter 12 내 이놈들을 당장! 281

CHAPTER 01

어때, 재미 좋았어?

"용기있는 자는 앞으로 나와라! 단칼에 목을 베어주마!"

현수의 외침에 늘어서 있던 적진에서 서로 튀어나오려는 조짐이 보인다.

그도 그럴 것이, 현수는 현재 용병 차림이다.

한낱 용병 따위가 기사들의 명예를 우습게 하는 발언을 했으니 분노한 것이다.

이때 손을 들어 기사들을 제지한 데니스 백작이 외친다.

"크하하하, 로니안 자작! 한낱 용병을 앞세우다니, 테세린엔 그토록 인재가 없는가?"

이 발언에 대꾸한 이는 로니안 자작이 아니라 현수였다.

"한낱 용병이라고 우습게 보지 마라! 누구냐? 나와 대적할 자! 용기있는 자만 나서라! 겁쟁이는 사절이다!"

데니스 백작이 주위를 둘러본다.

"용병 따위가 감히! 나의 기사들 중 누가 나가 저자의 목을 베어 오겠느냐?"

전장에서의 사기는 장수들의 기량이 크게 작용된다.

그렇기에 데니스 백작의 시선은 수석기사인 제레미에게 향해 있다.

어찌 총애를 입을 기회를 놓치겠는가!

제레미는 주먹을 가슴에 대며 외쳤다.

"소신, 백작님의 명예를 걸고 저자의 목을 베고 싶습니다. 제가 나갈 수 있도록 해주십시오."

"좋다, 제레미 경! 나의 명예를 그대에게 맡기노니 적의 목을 베는 통쾌한 승리를 쟁취하라!"

"예스, 마이 로드!"

허락이 떨어지자 기사 제레미는 투구를 아래로 내리곤 칼을 뽑아 든다.

그리곤 말을 몰아 앞으로 나선다.

풀 플레이트 갑옷을 걸친 모습은 몹시 위맹해 보인다.

같은 순간, 양쪽 진영의 병사들이 숨죽이고 둘에게 시선을 고정했다.

유카리안 영지 쪽도 테세린 쪽도 크게 걱정하는 눈길은 아니다.

유카리안의 대표 제레미는 소드 익스퍼트 상급으로 소문나 있다.

오랫동안 인근에선 상대가 없다고 소문난 상태이다.

그런데 최근 깨달음을 얻어 최상급에 이르기까지 했다. 이러니 걱정하지 않는 것이다.

한편, 테세린의 대표 현수는 전장의 학살자로 이름난 특급 용병 토마스인 것으로 알려져 있다.

토마스는 소드 마스터!

걱정할 이유가 하나도 없는 존재이다.

영지의 모든 기사와 병사들이 총출동했지만 현수의 진정한 정체를 아는 이는 몇밖에 없다.

로니안 자작이 비밀 유지를 명령한 때문이다.

현수는 다가오는 제레미를 바라보았다. 그리곤 뒤를 바라보았다.

테세린의 기사 크린스가 손으로 X 자 표시를 한다.

현수는 이곳에 오기 전 저쪽 사람들의 평판을 물어본 바 있다. 선한 이의 목숨을 빼앗긴 싫어서이다.

문제는 얼굴을 모른다는 것이다.

하여 크린스와 하나의 약속을 했다.

악한 자는 X, 선한 자는 O, 그저 그런 자는 고개를 끄덕이기로 했다.

아무튼 다가오는 제레미는 죽여도 될 자라는 뜻이다.

실제로 유카리안 영지의 제2인자인 제레미는 무력과 권력을 이용하여 나쁜 짓을 많이 했다.

여염집 여자들을 제 마음대로 유린했으며, 평민과 농노들의 재산을 강탈했다.

뿐만 아니라 흘러든 유랑민들을 노예로 팔아넘겼다. 부하가 잘못을 저지르면 그를 꼬투리 삼아 아내나 딸을 빼앗기도 했다.

그러는 동안 상당히 많은 목숨이 사라졌다. 이들의 시신은 모종의 장소에 암매장되어 있다.

아무튼 죽여야 할 자라는 신호에 고개를 끄덕인 현수는 투구 사이로 상대를 바라보았다.

상대의 나이는 40대 초반이다.

온갖 못된 짓을 하면서도 검을 놓지는 않았는지 오른손엔 두툼한 굳은살이 박혀 있다.

현수의 앞에 당도한 제레미가 오만한 웃음을 짓는다.

"어디서 뭐하며 굴러먹다 온 개뼈다귀인지 모르겠지만 오늘이 네 인생의 끝이다. 마지막으로 남길 말은?"

짐짓 아량을 베푼다는 듯 거만한 모습이다.

"누가 누굴 죽여? 그리고 한낱 용병이라고? 크흐흐! 나를 모욕했으니 오늘 유카리안 영지는 지옥이 뭔지 체험하게 될 것이다. 자아, 시작하지."

지이이잉―!

현수가 검을 뽑아 들며 마나를 주입하자 시퍼런 검강이 쭉 뻗어 나온다.

"허억! 소, 소드 마스터! 용병인데 설마……?"

제레미가 화들짝 놀라자 말도 놀란 듯 뒷걸음질 친다.

"누, 누구십니까? 혹시……?"

제레미는 말을 맺지 못하였다. 현수가 움직였기 때문이다.

"나? 네가 말한 한낱 용병! 받아랏!"

쉐에에에엑―!

챙! 퍼석―!

"크으윽!"

털썩―!

현수의 검강이 뻗어 나가자 제레미는 검을 들어 막았다. 하나 평범한 검으로 어찌 감당해 내겠는가!

제레미의 애검을 벤 검강은 그대로 그의 동체까지 베어버렸다. 수초 후, 선혈이 뿜어진다.

가슴의 절반가량을 파고든 검에 의해 제레미의 악행으로

점철된 인생은 끝나 버렸다.

"……!"

양쪽 진영 모두 멍한 표정이다.

이처럼 빠르게 승부가 결정될 것이라곤 어느 누구도 생각지 못한 때문이다.

하지만 그 시간은 짧았다.

"와아아아! 테세린 만세! 만세! 만세!"

먼저 환호성을 지른 쪽은 테세린 영지군이다.

한편, 유카리안 영지 쪽은 가장 강력한 무력을 투사할 수석기사 제레미가 너무도 어이없게 목숨을 잃자 사기가 극도로 저하되었다.

그러던 어느 순간 누군가 소리친다.

"저, 전장의 학살자! 저자는 특급 용병 토마스다!"

"허억!"

모두 주춤하며 몇 발짝씩 뒤로 물러난다. 전장의 학살자 토마스라는 이름의 무게 때문이다.

이때 현수가 검을 앞으로 내밀며 소리쳤다.

"모두 공격하라! 공격하라!"

고삐를 잡아채자 말이 달리기 시작한다.

시퍼런 검강이 뿜어진 검을 들고 달려들자 유카리안 영지군은 한순간에 오합지졸로 변해 버렸다. 죽음에 대한 공포 때문이다.

그러거나 말거나 테세린 영지군이 일제히 진격했다.

두두두두! 두두두두!

군마들이 달리는 소리에 유카리안 영지군은 들고 있던 무기를 팽개치고 도주하는 놈, 엎드린 채 두 손을 머리 위에 깍지 낀 놈 등 여러 가지이다.

공통점이 있다면 모두 전투 의지를 상실했다는 것이다. 심지어 기사들마저 검을 내려놓고 무릎을 꿇고 있다.

전장의 학살자 토마스가 나타난 이상 대적 행위는 곧바로 죽음에 이른다는 소문을 들은 때문이다.

"이이잇! 으아아아! 무엇들 하느냐? 어서 공격하라! 공격하란 말이야, 이 빌어먹을 놈들아! 뭐해! 어서 검을 들어 공격하라! 공격해!"

데니스 백작이 고래고래 소리쳤지만 어느 누구도 그의 명을 따르지 않는다.

모두 제 목숨 구하기에도 바쁜 때문이다.

정말 웃기는 일이지만 테세린과 유카리안 영지 사이의 영지전은 딱 두 명만 목숨을 잃고 끝났다.

가장 먼저 죽은 수석기사 제레미와 유카리안의 지배자였던 데니스 알만 드 유카리안 백작이다.

데니스 백작은 테세린 영지군 기사나 병사에 의해 목숨을 잃은 것이 아니다.

온갖 악다구니를 내뱉으며 집요하게 공격 명령을 내리던 그를 수행 중이던 영지의 차석기사가 찔렀던 것이다.

그래서 테세린 영지군이 코앞에 당도했을 때 유카리안 영지군은 모두 무릎 꿇고 항복 표시를 했다.

"세상에, 맙소사!"

테세린 군을 이끌던 로니안 자작은 너무도 싱거운 영지전에 입을 다물 수 없었다.

전장의 학살자라는 소드 마스터 하나가 모든 것을 압도했다는 사실이 믿기지 않은 때문이다.

"나무센 자작, 판정을 내려주시오."

"미판테 왕국 행정관 나무센 자작은 오늘의 영지전이 테세린의 승리로 끝났음을 확인합니다. 이로써 유카리안 영지의 모든 것이 테세린에 귀속됨을 선언합니다."

"와와와와와와! 테세린 만세! 만세! 만세!"

"아울러 로니안 자작은 백작으로 승작하게 될 것임을 선포합니다. 다만 이번 영지전에서······."

나무센 자작이 왕국법을 주저리주저리 늘어놓는다. 데니스 백작의 모든 자산과 영지는 국왕과 로니안 자작이 반분한다.

새로 획득되는 영지에는 드넓은 곡창지대와 마나석 광산

등이 포함되어 있다.

이런 내용을 늘어놓는 동안에도 테세린 영지군이 환호성을 지른다.

너무도 시끄러워 자신의 말을 로니안 자작이 못 알아듣는다고 판단한 나무센 자작은 입을 다물었다. 대신 여전히 투구를 쓰고 있는 현수에게 시선을 주었다.

전장의 학살자라는 닉네임은 잘 알고 있다.

하지만 용모를 몰랐는데 눈앞에 있으니 유심히 바라보는 것이다.

이는 왕궁에 보고하여야 하기 때문이기도 하다.

전장의 학살자를 미판테 왕국이 확보한다면 다른 나라와의 전쟁에서 보다 유리할 것이다.

그러다 문득 고개를 갸웃거린다.

테세린 영지군 어느 누구도 '전장의 학살자 만세!', 또는 '특급 용병 토마스 만세!'와 같은 환호성을 지르지 않는다는 것이다.

고개를 갸웃거렸지만 아무도 말해주지 않으니 나무센 자작은 고요한 시선으로 현수를 바라만 보고 있었다.

같은 순간, 현수의 등을 바라보는 시선들이 있다.

놀트란 영지에 있다가 놀란 기러기처럼 복귀한 테세린의 용병들이다.

특히 랄프와 줄리앙의 시선은 몽롱하다.

A급 용병 랄프는 현수가 준 최상급 포션 덕에 둘째 아들을 고질로부터 구해낼 수 있었다.

하여 언젠가는 반드시 은혜를 갚겠다고 생각했다.

하인스가 위기에 처하면 대전사 역할이라도 할 생각을 품은 것이다.

그런데 소드 마스터이다. 감히 바라볼 수 없을 정도로 높은 수준에 올라 있으니 멍한 것이다.

줄리앙은 현수가 강하다는 것을 알고 있었다.

그런데 소드 익스퍼트 최상급을 단칼에 베어버리는 모습을 보고 하마터면 소변을 지릴 뻔했다.

전에도 비슷한 경험을 한 바 있다. 와이번의 공격을 단신으로 막을 때이다.

멍한 표정을 짓고 있던 줄리앙의 뇌리로 섬전처럼 스치는 영상들이 있다.

캐러나데 사막에서 스콜론에게 쏘였을 때 현수가 허리를 빨아주던 영상이다.

그때는 진짜 엉덩이 한복판을 빠는 것이라 생각하고 얼마나 부끄러웠던가.

혹시 냄새는 나지 않을까 하여 초조해했다.

그리고 보니 처음에만 툭탁거렸을 뿐 현수는 늘 친절하고 다정했다.

음식 솜씨는 웬만한 요리사 뺨치고, 재미있는 노래는 또 얼마나 많이 아는가!

의리도 있고 자상하다. 또한 남을 배려할 줄 아는 데다 생긴 것도 곱상하다. 그리고 소드 마스터이다.

줄리앙은 두근거리는 자신의 심장 소리를 들으며 낯을 붉히고 있었다.

그러거나 말거나 현수는 슬며시 용병들 틈으로 파고들었다.

그러다 쓰고 있던 투구를 벗었다.

로니안 자작을 보니 가신들에게 둘러싸여 새로 얻은 유카리안 영지를 접수하는 중이다.

유카리안의 기사와 병사들은 어느 누구도 반항하지 않는다. 그랬다간 전장의 학살자를 대면하게 된다는 것을 알기 때문이다.

덕분에 영지 접수는 순조롭게 진행되고 있다.

현수는 말을 몰아 병사들 뒤쪽으로 향했다.

언덕 하나를 넘어가니 이십여 대의 마차가 줄지어 서 있다.

"수고하셨어요. 어디 다치신 데는 없죠?"

"고마워요, 백작님."

카이로시아와 로잘린이다. 곁의 마차엔 세실리아 자작부

인과 테세린 영지에 사는 귀족가의 여인들이 타고 있다.

일이 잘못될 경우 이레나 상단의 마차를 타고 곧장 드리안 영지로 갈 계획이었던 것이다.

"그런데 웬 영지전이 이렇게 일찍 끝나요?"

"전사자와 부상자는 많나요? 아버지는 어떠세요?"

"에구, 한 사람씩 물어보기. 일단 로시아가 먼저 물었으니 대답해 줄게. 영지전이 일찍 끝난 게 뭐가 잘못된 거야? 그리고 전사자는 딱 두 명이야. 데니스 백작과 수석기사 제레미, 그리고 부상자는 양쪽 모두 하나도 없어."

"네? 그런 영지전이 어디에 있어요?"

말도 안 된다는 표정이다. 실제로 영지전이 벌어지면 수많은 기사와 병사, 그리고 영지민이 목숨을 잃는다.

심한 경우는 영지민 전체의 8할까지 목숨을 잃는다.

유카리안 영지의 인구는 20만 명 정도 된다. 심할 경우 이 중 16만 명이 목숨을 잃을 수도 있다는 뜻이다.

이쯤 되면 아이들과 일부 여인만 빼곤 다 죽는다는 뜻이다.

그런데 딱 두 명의 전사자만 있을 뿐이라니 믿을 수 없었던 것이다.

사실 유카리안 영지의 기사가 영주인 데니스 백작을 시해한 것도 이러한 염려 때문이었다.

상대편에 전장의 학살자가 있는 이상 유카리안 영지의 승리는 불가능하다.

그리고 특급 용병 토마스는 상대를 벰에 있어 추호의 인정도 베풀지 않는 것으로 유명하다.

또한 부상자를 남기지 않는 것으로도 이름나 있다.

다시 말해 누구든 대적 행위를 하면 적진을 완전히 헤집어 몰살시키는 것이 토마스이다.

어차피 이기지도 못할 영지전이다. 그런데 데니스 백작은 어서 공격하라면서 고래고래 소리만 지른다.

나가서 죽으라는 소리나 진배없다.

이를 제 목숨은 소중하고 수하들의 목숨 따윈 아무래도 괜찮다는 뜻으로 받아들였기에 욱하는 마음으로 시해했다.

안 그러면 본인은 물론이고 모든 기사와 병사가 도륙당할 것이 뻔하기 때문이다. 뿐만 아니라 사랑하는 가족도 당할 수 있다.

아무튼 이런 이유 때문에 싱거운 영지전이 되었다.

현수는 로잘린이 믿을 수 없다는 표정을 짓자 피식 웃음 지었다.

하여 웃음을 베어 문 채 대꾸해 주었다.

"어디에 있긴, 여기에 있지. 진짜 전사자 두 명, 부상자 전무야. 그리고 자작님은 현재 저쪽 영지를 접수하는 중이야."

"세상에, 맙소사! 어떻게 이런 일이……!"

로잘린은 아직 나이가 어리다.

그렇다 하여 세상 물정을 모르는 것은 아니다. 어린 시절부터 귀족다운 삶을 사는 교육을 받아왔다.

그렇기에 영지전이 이렇게 끝날 수 있다는 걸 상상조차 못한 것이다.

"사람이 덜 죽으면 좋은 거 아냐?"

"그렇긴 해요. 그래도 너무나 이상해서……."

"후후, 그건 내가 너무 세서 그래."

"치이, 자기 자랑 하신다."

로잘린이 눈을 하얗게 흘긴다. 그런데 그 모습이 비웃는 게 아니라 너무도 앙증맞다.

"이리 와봐."

현수가 잡아당기자 로잘린이 헝겊 인형처럼 딸려온다. 그리곤 품에 푹 안긴다.

"자작님은 이제 두 개의 영지를 경영하게 되었어. 그래서 백작으로 승작하게 될 거야."

"어머, 정말요?"

로잘린의 물음에 웃고 있던 카이로시아가 대답한다.

"맞아. 귀족 중심파의 거두를 제거한 공을 높이 사서 승작될 확률이 매우 높아. 그래야 국왕 지지파의 입김이 세지니까."

"고마워요. 모든 게 백작님 덕이에요."

"고맙긴, 처가가 든든해지니 나도 좋은 일인데."

"네? 처가요?"

로잘린은 부끄럽다는 듯 사르르 눈을 내리깐다.

근데 말끝을 올려 묘한 뉘앙스를 풍긴다. 처가라는 말이 가당치 않다는 느낌을 줄 수도 있는 것이다.

장난꾸러기 현수가 어찌 이 순간을 그냥 보내겠는가!

"뭐, 싫다면 할 수 없지. 로시아, 로잘린이 내 마누라 되기 싫은 모양인데 어쩌지? 그냥 우리끼리 살까?"

로잘린이 화들짝 놀라는 표정을 짓는다.

"어, 어머! 아니에요! 왜 저를 빼요? 전 백작님이랑 꼭 살 거예요. 그러니 그딴 말 하지 마세요."

로잘린이 말도 안 된다는 표정으로 품을 파고들자 현수는 슬쩍 보듬어 안았다.

"흐음, 내 마누라가 되고 싶다고?"

"네, 백작님의 여자로서 평생을 살고 싶어요. 근데 마누라라는 말은 대체 무슨 뜻이에요?"

"사랑하는 아내라는 뜻이야. 왜? 그렇게 말하니까 싫어?"

"어머, 아니에요. 저 백작님 마누라 할래요."

"후후, 그래, 그럼!"

로시아는 흐뭇하다는 표정으로 웃고 있었다. 장래의 남편이 너무도 뛰어난 인물이라는 것이 흡족하게 만든 것이다.

"치이, 또 장난치신 거죠?"

"이제 알았어? 하여간 로잘린은 놀려먹기 너무 좋아."

"쳇! 자기 마누라 골려먹고 좋아하는 남편이라니, 무슨 백작님이 그래요?"

"……?"

"자고로 백작님쯤 되시면 듬직하고, 멋있고, 자상하고, 뭐 그래야 하는 거 아니에요? 근데 백작님은 맨날 장난만 치시고, 날 놀려먹기나 하고… 쳇!"

로잘린이 투덜거리자 현수가 그녀의 귀에 대고 나직이 속삭였다.

"그럼 지난번에 로잘린 목욕하는 거 내가 봤다고 말할까?"

"헉! 아, 아니에요. 잘못했어요. 다신 안 그럴게요. 한 번만 봐주세요."

로잘린이 갑자기 싹싹 빌기 시작하자 카이로시아가 의아하다는 듯 눈빛을 빛냈다. 무슨 영문이냐는 뜻이다.

이때 뇌리로 울리는 전음이 있다.

물론 현수의 음성이다.

[로잘린의 알몸을 보았거든.]

"네에?"

나머지를 더 설명하라는 뜻이다.

[오크의 습격에서 로잘린을 구할 때 목욕 중이었어.]

"허억!"

카이로시아가 화들짝 놀라는 표정을 짓는다. 그리곤 로잘린을 살폈다.

한편, 로잘린은 둘 사이에 어떤 대화가 오갔는지를 짐작하곤 얼굴을 붉힌다.

너무도 부끄러웠던 순간이기 때문이다.

"쳇! 뭐, 상관없어요. 저는 백작님의 마누라니까요."

"치잇! 나보다도 먼저…… 쳇, 나도 목욕할래요. 와서 봐요."

"끄으응!"

현수는 두 여인의 치기 다툼에 침음을 냈다.

테세린 영지의 승리는 미판테 왕국 전체로 번져 나갔다.

데니스 백작은 목숨을 잃었고, 그의 식솔들은 혼란을 틈타 도주했다.

영지전 판정관인 나무센 자작은 테세린의 승리를 선언했고, 유카리안의 절반은 테세린에 귀속되었다.

영지전이 벌어지는 동안 전사자는 딱 두 명이다.

수석기사 제레미와 영주 데니스!

소드 익스퍼트 최상급이었던 제레미는 전장의 학살자 특

급 용병 토마스의 단칼에 죽었다.

데니스 백작은 휘하 기사의 손에 시해되어 목숨을 잃었다.

세인들의 이목을 끈 것은 전장의 학살자라는 명호이다.

특급 용병 토마스가 테세린에 있다는 이유 하나만으로도 초미의 관심사가 되었다.

하여 여러 귀족이 텔레포트 마법으로 테세린으로 모여드는 중이다.

하지만 어느 누구도 전장의 학살자를 보지 못한다. 현수가 떠난 때문이다.

떠나기 전에 현수가 마나석 광산을 들렀었다는 것은 로니안 자작과 몇몇 인사만 알 일이다.

*   *   *

"어휴! 피곤해."

"이봐, 뭘 하다 온 거야? 새로 살림 차리느라 그렇게 힘들었어? 점찍었던 케이트를 쓱싹하고 온 거지? 그런 거지?"

"으이그, 하여간! 미안, 좀 늦었어."

입었던 옷을 벗어 옷걸이에 걸던 현수가 한 말이다.

"어땠어? 좋았어? 삼삼했지? 그치?"

"삼삼하긴, 그저 그랬네."

라세안은 현수의 대답이 지극히 마음에 든다는 듯 빙그레 웃는다.

"그래도 괜찮았지? 그랬나?"

"그래. 그랬으니까 이제 더 묻지 마."

"크흐흐! 내 그럴 줄 알았지. 아무튼 좋았겠네. 참, 그동안 여긴 좀 알아봤네. 영지 이름은 피리안, 영주는 변경백인 레더포드 아물린 반 피리안 백작이네."

"그래? 그밖의 것은?"

"이 영지에 온갖 횡포를 부리던 광룡을 죽인 자네 스승인 아드리안 멀린 반 나이젤을 기리기 위해 피어 아드리안(Für Adrian)을 줄여 피리안(Fürian)이라 이름 붙인 것이네."

"……?"

"지금은 그의 후손이 통치하고 있지."

"그래?"

현수는 특별할 것도 없기에 건성으로 대답하며 침상에 벌렁 누웠다.

오기 직전까지 며칠만 더 머물다 가라는 카이로시아와 로잘린의 애원 때문이다.

사랑하는 여인들을 떼어놓고 오는 일은 결코 쉽지 않았다. 또한 마음이 편하지도 않다.

그렇기에 심란함을 잠재우려 짐짓 눈을 감았다. 습관처럼 드래고니안들과의 비무를 떠올리려는 것이다.

그렇게 대략 10여 분쯤 지났을 때 누군가 문을 두드린다.

쿵, 쿵―!

"누구십니까?"

"피리안 영지 순찰이다! 문 열어라!"

"영지 순찰? 이건 또 뭐지?"

"뭐긴, 영지의 치안을 담당하는 병력이겠지. 끄응! 그나저 나 귀찮게 툭하면 문을 열라 하고. 확 뒤집어엎어 버릴까?"

"에구, 관두게. 괜히 귀찮은 일만 일어나니."

현수가 어슬렁거리며 나가 문을 열려는 순간 또 두드린다.

쿵, 쿵―!

"이런 빌어먹을 잡것들이! 어서 문 열지 못해!"

"아! 엽니다, 열어."

삐이꺽―! 쿵―!

현수가 걸쇠를 위로 제치는 순간 거칠게 문이 열린다.

"아니, 이게 대체 뭐하는 짓입니까? 하마터면 다칠 뻔하지 않았습니까?"

현수의 말처럼 문 뒤쪽에 있었으면 열리는 문과 부딪쳤을 것이다. 마침 반대쪽에 있었기에 무탈한 것이다.

"홍! 다치거나 말거나. 너희, 미판테에서 파견한 간세지? 뭐하느냐? 놈들을 체포하라!"

"네에."

기사 복장을 한 녀석의 명이 떨어지자 병사들이 우르르 달려들어 현수의 양쪽 팔을 잡는다. 나머지는 이게 무슨 일이람 하는 표정으로 몸을 일으키던 라세안에게 쇄도해 갔다.

"이게 대체 뭐하는 짓입니까? 간세라니요?"

"흥! 잡아떼어도 소용없다. 너희는 미판테 왕궁에서 파견한 간세가 분명하다."

"증거 있소?"

"증거? 너희 둘은 정식으로 국경을 넘어오지 않았다. 그게 증거다."

말을 마친 기사가 병사들에게 소리친다.

"뭣들 하느냐? 가자!"

"네에!"

둘은 졸지에 병사들에게 끌려갔다.

CHAPTER 02
수석호위 라세안

　라세안은 병사와 기사 전부 때려눕히거나 죽일 수 있는 능력이 있다. 그럼에도 그러지 않은 것은 현수의 전음이 있었던 때문이다.

　이곳은 스승인 멀린이 시조가 되어 건국된 나라이다. 현재의 통치자는 스승의 후손이며, 현수가 보호해야 할 대상이다.

　그렇기에 잡아끄는 대로 끌려가는 것이다.

　머물렀던 여관은 난장판이 되어 있었다. 상당히 많은 병사가 동원되었기 때문이다.

　아무튼 현수와 라세안은 병사들에 의해 병영으로 끌려갔

다. 그곳엔 이십여 기사가 삼엄한 표정으로 대기하고 있다.

중앙엔 의자 비슷한 것이 놓여 있고, 주변엔 몽둥이, 꼬챙이, 인두 등 고문 도구들이 즐비하게 놓여 있다.

"놈들을 앉혀라!"

현수와 라세안이 당도하자 중앙에 팔짱을 낀 채 서 있던 사내가 명령을 내린다. 병사들이 강제로 의자에 앉히려 하자 라세안이 뻗대며 묻는다.

"앉아!"

"아! 이거 왜들 이럽니까? 우리가 뭔 죄를 졌다고 이러는 거냐구요?"

"몰라서 물어? 너희는 미판테 왕궁에서 파견한 간세다. 아냐? 물론 아니라고 말하겠지. 하지만 우리는 못 믿는다. 그래서 지금부터 차근차근 알아보려고 해. 뭐해, 어서 묶지 않고?"

사내의 명이 떨어지자 병사들이 우르르 달려들어 라세안과 현수를 앉히려 했다.

현수는 힘으로 뻗대면서 어찌할 것인지를 생각했다.

[에구, 이놈들을 때릴 수도 없으니……. 어휴! 근데 어떻게 이럴 수 있지? 제대로 알아보지도 않고 무조건 잡아다 고문만 하면 된다는 건가?]

[이보게, 친구! 어떻게 해? 이놈들 확……!]

라세안의 전음은 중간에 끊겼다.

"아냐. 그러지 마. 지금부턴 내가 알아서 할 테니 자네는 가만히 있어."

"끄으응!"

라세안이 할 수 없다는 듯 침음을 낼 때 중앙의 사내가 소리친다.

"이놈들! 지금 무슨 작당을 하는 게냐? 감히 뉘 앞에서! 놈들의 입에 재갈을 채워라!"

"네으이."

병사 둘이 현수와 라세안의 입을 막을 넝마를 챙겨 든다. 누군가 입다 해져서 버린 걸레나 다름없는 더러운 것이다.

드래곤답지 않게 깔끔 떠는 라세안이 어찌 가만히 있겠는가!

"네 이놈들, 지금 무얼 내게……!"

힘에 의해 반쯤 의자에 앉혀졌던 라세안이 벌떡 일어나자 찍어 누르던 병사들이 일제히 나가떨어진다.

와당탕탕—!

"크윽! 으윽! 윽! 컥! 큭!"

"……!"

아주 잠깐 침묵이 흐른다. 혼자서 다섯이나 되는 병사의 힘을 능가한 때문이다.

"에구……!"

기사와 병사들이 일제히 검을 뽑는 모습을 본 현수는 나직한 침음을 냈다. 그리곤 자신을 잡고 있는 병사들을 밀쳤다.

"흐억! 으윽! 아앗! 흐미! 헉!"

병사 다섯은 감당할 수 없는 힘에 뒤로 밀려나며 일제히 신음을 토한다.

"누, 누구냐? 정체를 밝혀라!"

누군가의 말에 현수의 시선이 움직였다. 서른을 갓 넘긴 단단한 체구의 사내이다. 현수는 아공간에서 검을 꺼냈다.

스으윽―!

검집에서 검날이 드러나자 새파란 예기가 느껴진다. 기사와 병사들 모두 긴장한 표정으로 노려본다.

현수는 반쯤 뽑았던 검을 다시 집어넣고는 대표인 듯한 자에게 시선을 주었다.

"힘이 없어서 여기까지 따라온 게 아니다. 떳떳하기에 왔다. 그런데 우릴 간세 취급을 하다니……. 아드리안 공국의 병사들은 모두 이러한가?"

8서클 대법사이자 소드 마스터의 카리스마가 뿜어지자 모두 두어 발짝 물러난다.

범접할 수 없는 살기가 느껴진 때문이다.

"대, 대체… 누, 누구십니까?"

확연하게 떨리는 음성으로 물은 이는 기사들 가운데 하나이다.

현수는 오연한 시선으로 주위를 둘러보곤 입을 열었다.

"나? 하인스 멀린 드 셰울. 코리아 제국의 백작이다."

"허억!"

모두 놀란 표정으로 물러난다.

현수의 말이 사실이라면 비록 타국의 귀족이기는 하지만 고위 귀족을 함부로 체포한 죄를 면키 어렵기 때문이다.

"그, 그럼 곁에 계신 분은 누구십니까?"

억지로 용기 내어 물은 이는 조금 전의 그 기사이다. 대답은 라세안이 했다.

"나는 하인스 백작님의 수석호위 라세안 옥타누스다."

현수가 슬쩍 시선을 주니 눈을 끔벅거린다. 박자를 맞춰달라는 뜻이다.

"라세안은 우리 영지의 기사단장이기도 하다."

"네에? 기, 기사단장님이요?"

포위하고 있는 이들 가운데에 기사단장급은 없는 모양이다. 그렇지 않고야 모두 뒤로 물러나진 않을 것이기 때문이다.

"배, 백작님이신데 왜… 왜 평범한 용병 같은 복장을 하고 계신 겁니까?"

"여행 중엔 이게 편해서이다. 아드리안 공국엔 그러면 안 된다는 법이라도 있나?"

"아, 아닙니다."

"그리고 나는 입국 심사대를 정당한 방법으로 통과했다. 지금이라도 아드리안 공국 중서부 국경 수비대장인 알버트 폰 드세린 자작에게 확인해 보라."

"헉! 실례했습니다, 백작님! 저희가 큰 실수를 했습니다. 너그럽게 용서하여 주십시오."

국경수비대장의 이름을 정확히 대자 진위를 파악한 듯하다.

선두의 기사가 한쪽 무릎을 땅에 대며 정중히 고개를 숙인다. 현수와 라세안에게서 풍기는 기도에 압도된 결과이다.

"백작님, 저희가 잘못했습니다. 부디 용서하여 주십시오."

타국의 귀족이라도 평민들은 예를 갖춰야 하기에 모두 무릎을 꿇는다.

하물며 상대가 제국의 백작과 기사단장이라는데 어찌 무례를 범하겠는가!

잘못했다간 목이 달아날 수도 있다. 그렇기에 일제히 무릎 꿇고 용서를 청하는 것이다.

"먼저, 나는 미판테 왕국에서 파견한 간세가 아니다. 이는 귀족의 명예를 걸고 하는 말이니 믿어도 될 것이다. 알겠나?"

"네!"

현수가 돌아서자 라세안이 수행하는 모양새를 갖춘다.

"가지!"

"네, 영주님!"

보무도 당당하게 장내를 빠져나와 여관으로 향하는 둘의 얼굴엔 개구진 웃음이 배어 있다.

"자네가 내 수석호위라고?"

"크흐흐! 그럼 뭐라고 그래? 암튼 출세했네, 내 호위를 다 받으니."

"그래, 수석호위. 앞으로도 임무 잘 수행해."

"끄응! 그렇다는 거지."

"뭐야? 사내가 한번 내뱉은 말은 목에 칼이 들어와도 지켜야 한다는 거 몰라?"

"그런 말이 어디에 있어? 한 번도 못 들어보았네."

"내 고향엔 그런 말이 있어. 자기가 한 말을 지키지 않는 놈을 찌질이라고 부르지. 루저라고도 해."

"찌질이? 루저? 무슨 뜻이지?"

"아이들 하는 말로 표현하자면 쪼다라는 거네. 아! 물론 상당히 안 좋은 뜻이지. 하긴, 제가 한 말도 지키지 않는 놈을 누가 좋게 보겠어? 안 그래?"

라세안은 생각만으로도 그렇다는 듯 떫은 감 씹은 표정을 짓는다.

현수는 속내를 짐작하고는 피식 웃는다.

"그나저나 목욕 다 했으니 슬슬 멀린 쪽으로 가야겠지?"

"그래야지. 언제 출발할 생각인가?"

"밥이나 먹고 천천히 가지, 뭐."

"맘대로 하게."

대화를 하며 여관에 당도하자 주인이 벙 찐 표정으로 바라본다.

기사와 병사들에게 체포되어 갔던 사람들이 너무도 멀쩡하기 때문일 것이다.

"어, 어떻게 된 겁니까? 적이 파견한 간세라고 했는데."

"어떻게 되긴, 아무 혐의도 없으니 나왔지."

말을 마친 둘이 계단을 딛고 오르자 주인이 곤란하다는 표정을 짓는다.

"저어, 손님, 죄송합니다만 방으로 가시면 안 됩니다."

"왜? 내일까진 우리가 써도 되는 방이잖아."

"그게… 단체 손님이 오셔서……. 죄송합니다. 숙박비는 환불해 드리겠습니다."

"끄으응!"

뭐라 할 수도 없다.

간세로 잡혀갔으니 풀려나는 건 고사하고 죽지나 않으면

다행이다. 그러니 비어버린 방을 다른 손님에게 준 것이다.

"알겠네."

둘은 주인으로부터 숙박비를 환불받았다. 그런데 다른 여관을 다 돌아보았지만 빈방이 없다.

"이런, 할 수 없지. 그냥 가세."

마지막 여관을 나서며 현수가 한 말이다.

"그래야지."

시각은 어슴푸레한 저녁나절이다. 하지만 둘에게 시각 따윈 중요치 않다.

터덜터덜 걸어서 성문 쪽으로 가려는데 사람들이 웅성거리고 있다.

"뭐지?"

"노예 경매가 시작되려나 봐."

"이 시각에?"

한국으로 치면 오후 5시 반 경이다. 어떤 일을 시작하기엔 다소 늦은 감이 있다. 괜스레 호기심이 돋는다.

"한번 가볼까?"

"그러지, 뭐."

둘이 다가가는 동안 경매가 시작되었다.

"자, 자, 이 계집으로 말씀드릴 것 같으면, 이웃나라인 테리안 왕국 자작의 딸로서 지금껏 힘든 일 한 번 안 하고 산 계집

입니다. 이런 계집 괴롭히는 걸 낙으로 삼는 분에겐 딱입니
다. 자, 그럼 10골드부터 시작하겠습니다."

노예상인이 경매대에 올려놓은 여인은 열일곱쯤 된 다소
통통한 소녀이다.

미구에 어떤 일을 당할지 몰라 잔뜩 겁먹은 표정으로 두리
번거리고 있다.

이때 누군가 호가를 시작한다.

"십 골드에 내가 사겠소."

"난 십일 골드!"

"십이 골드까지는 내겠소. 근데 그 계집, 처녀요?"

누군가의 말에 모든 시선이 노예상인에게 집중된다.

"당연하죠. 이 계집으로 말씀드릴 것 같으면 유서 깊은 자
작가의 딸로서 백작의 장자에게 시집가 장차 백작부인이 될
뻔했습니다. 하지만 아비가 반역에 연루되어 참수당하는 바
람에 이렇게 팔려 나온 겁니다. 자자, 십이 골드까지 나왔는
데 누구 십삼 골드 없습니까?"

"좋아, 내가 십삼 골드 내지. 크흐흐! 백작부인이 될 뻔한
계집을 품는 맛은 어떨지 궁금하네. 크흐흐흐!"

"그게 그렇게 되나? 좋아, 난 십사 골드 내겠네."

통통한 소녀는 십팔 골드에 낙찰되었다.

현수는 색욕에 눈먼 사내들이 사려고 했다면 돈을 버리는

한이 있더라도 경매에 끼어들려고 했다.

테세린 하인스 상단에서 열심히 마법 수련 중인 릴리와 로즈가 생각나서이다.

이번에 보았을 땐 저번과 많이 달랐다.

현수의 특별 부탁을 로사가 제대로 알아들었는지 말라깽이는 면하고 있었다. 게다가 깨끗한 의복을 걸치고 있어 보기에도 좋았다.

로즈는 2서클 마법을 거의 모두 습득하고 있었고, 릴리는 갓 2서클이 되어 있었다.

웬만한 마나 친화력으로는 꿈도 꿀 수 없을 정도로 빠른 성취였다.

누군가의 성노로 팔려갔다면 아마 지금쯤 지옥과 같은 나날을 보냈어야 할 자매이다.

현수 덕에 사람다운 삶을 산다면서 많이 고마워했다.

그래서 팔려 나온 소녀들을 구제해 볼 생각을 한 것이다. 그런데 인상 후덕해 보이는 중년 부인이 샀기에 구경만 했다.

적어도 성노가 되는 것은 아니라 생각한 때문이다.

"휴우~! 어딜 가든 희망이 없군. 위정자들은 백성의 아픔을 알까? 어찌 인간이 인간을 사고파는 거지?"

길을 나선 현수의 나직한 중얼거림에 라세안이 대꾸한다.

"자네가 사는 곳엔 노예가 없나?"

"적어도 겉으론 그러하네. 노예제도가 없어진 지 오래되었지."

"그래? 그거 흥미롭군. 노예제도가 없는 인간 세상이라……. 여긴 좀……. 차라리 약육강식이 낫다니까. 인간은 이래서 안 돼."

"뭐가? 뭐가 안 된다는 거지?"

현수의 물음에 라세안이 대꾸한다.

"인간 가운데 제대로 된 생각을 가진 놈이 몇이며, 도리에 합당하게 사는 이가 얼마나 되는지 아나?"

"……!"

이 대목에서 현수는 대꾸하지 못했다.

한국에서의 지난 역사가 떠올랐기 때문이다.

유튜브 최다 재생 기록이니 한류니 뭐니 해서 한국이 전 세계에 알려지고는 있지만 속은 점점 쇠퇴한다는 느낌이다.

핸드폰과 가전제품, 그리고 반도체는 세계 시장을 석권하는 중이다. 이쯤 되면 국민 수준이 상향되어야 마땅하다.

하지만 대한민국의 현재는 중산층은 점점 사라지고 빈곤층만 확대되는 중이다.

서민들의 삶이 나날이 팍팍해지면서 인정도 메마르고 있다.

그나마 딱 하나, 간신히 마련한 집은 나날이 값이 떨어지고, 전셋값은 반대로 치솟아 살아가기 어렵다.

그 결과 여러 종류의 푸어(Poor)가 나타나고 있다.

워킹 푸어는 정규직, 또는 비정규직에 상관없이 풀타임으로 일을 해도 빈곤을 벗어날 수 없는 상태를 뜻한다.

집은 있지만 대출 이자 갚기에도 헉헉대는 하우스 푸어도 있고, 자녀 교육 때문에 빚이 늘어나는 에듀 푸어가 있다.

신혼집 장만 등 비싼 결혼 비용 때문에 신혼부부 때부터 가난한 웨딩 푸어도 있다.

자녀 출산에 이은 비싼 양육비 때문에 빈곤층으로 전락하는 베이비 푸어도 나날이 늘고 있다.

렌트 푸어는 급등하는 전세 보증금을 감당하느라 저축 여력도 없고 여유도 없는 사람들을 뜻하는 말이다.

자녀 교육시키느라 정작 자신들의 노후 대비를 못한 실버 푸어도 있고, 보증금을 낼 여력이 없어 월세를 전전하는 고시원 푸어도 있다.

노후 대비를 못하고 직장을 떠나 어려움을 겪는 리타이어 푸어도 있으며, 경기 불황으로 장사가 안 되어 어려움을 겪는 영세 사업자들은 소호 푸어라 부른다.

이밖에도 비싼 등록금 때문에 졸업과 동시에 신용불량자가 되는 캠퍼스 푸어도 있다.

그래서 요즘 대한민국의 젊은이들은 취업과 결혼, 그리고 출산을 포기해 3포 세대라 불리는 중이다.

이 모든 것을 지도자를 잘못 뽑은 결과라 생각된다. 그리고 지금 그 대가를 처절하게 겪고 있는 것인지도 모른다.

그리고 나날이 더 나빠질 수도 있다.

한국의 지난 역사를 뒤돌아보면 군부 독재자 셋을 연달아 뽑았다. 많은 사람이 아픔을 당했지만 어디에 대고 하소연할 곳조차 없는 암흑기이다.

그 뒤를 이어 권력욕 이외엔 아무것도 없이 뇌가 텅 빈 인간을 대표로 뽑았다. 그 결과 극심한 고통을 겪었다.

많은 기업이 도산했으며, 쓸 만한 것 대부분이 외국인의 손으로 넘어가게 되었다.

이 과정에서 수많은 사람이 직장을 잃어 길거리를 방황했고, 많은 가정이 경제적 여건 때문에 파괴되었다.

졸지에 결손가정 자녀가 된 청소년들은 정서적 혼란을 겪으면서 빈곤이 어떤지를 경험하게 되었다.

그 결과 많은 사람이 스스로 목숨을 끊은 바 있다.

이후에 두 명의 지도자를 더 뽑았다.

이들은 전임자들이 싸질러 놓은 온갖 오물을 치우느라 제대로 된 정치를 할 수 없었다.

그럼에도 반대편은 무엇이든 하려고만 하면 제동을 걸고 시비를 걸었다.

그러는 동안 임기가 끝나 버렸다. 하고 싶은 것의 반의반도 못하고 끝난 정권이다.

그런데 사람 하나 잘못 뽑아놓으면 오래도록 고생한다는 것을 잊은 국민은 몇 마디 말에 현혹되어 최악의 선택을 했다.

그 결과 대한민국은 채권자의 자리에서 채무자의 자리로 주저앉게 되었다. 그리고 그 빚은 너무도 막대하다.

국가 경제는 침체기로 접어들었다. 중산층은 사라지고 양극화 현상[1]은 심화되어 갔다.

그리고도 정신을 못 차린 국민들은 또 잘못된 선택을 한다.

투표권을 가진 국민 중 상당수의 뇌가 오스트랄로피테쿠스[2] 수준이라는 것이 입증된 선거이다.

이제는 지금과 비교조차 되지 않을 세상이 다가올 것이다.

지금껏 잘살던 자들은 체감하지 못하겠지만 어렵게 사는 이들은 영하 50℃ 이하의 온도를 절감하게 될 것이다.

어쩌면 산 자가 죽은 자를 부러워할지도 모른다.

물론 부자들은 그따위 생각을 하지 않는다. 절대 다수인 가난한 자들이나 느낄 감상이기 때문이다.

그때가 되어 잘못된 선택이라고 후회해 봐야 소용없다. 인류 역사상 최악의 냉정함을 맛보게 될 것이기 때문이다.

---

1) 양극화 현상:부자는 더 큰 부자가 되어가고, 가난한 사람은 점점 더 가난해지는 사회적 현상. 중간 계층은 주로 빈곤층으로 전락하게 된다.

2) 오스트랄로피테쿠스(Australopithecus):남아프리카에서 발견된 인류의 먼 조상이라고 여겨지는 원인. 도구를 사용하였기에 침팬지와 다른 인류의 최초의 조상.

참고로, 대한민국은 OECD 34개 국가 중 자살률 1위이다. 이 기록을 8년 연속으로 유지하고 있는 것이다.

2012년 9월 통계 자료를 보면 한국은 인구 10만 명당 33.5명이 자살했다. 2위 일본은 21.2명, 3위 슬로베니아는 18.6명이다.

가히 압도적이라 할 수 있다.

이는 지난 정권들이 대한민국 사회를 경쟁 일변도로 바꿔 놓은 때문이다.

그리고 자본주의의 심각한 폐해이기도 하다.

친 부자 정책을 선호하는 이번 정권도 경쟁을 부추길 것이다.

그래야 부자는 더 큰 부자가 되고 가난한 자는 점점 더 가난해질 것이기 때문이다.

물론 겉으로는 이러는지 모를 것이다. 교묘하게 사실을 호도해 가면서 자신들이 원하는 정책을 펼 것이기 때문이다.

그 결과 같은 인간이지만 지배하는 계급이 있고, 그 밑에서 시중들어줘야 간신히 먹고사는 계급이 생긴다.

그래야 부자들이 세상 살기 편해진다.

그러기 위해 무능, 부패, 독선, 부정, 독재, 편협, 무식으로 중무장한 정권을 계속 유지시키려는 것이다.

"확실히 인간은 미성숙한 존재야. 자네 말에 이의가 없어."

현수가 고개를 끄덕이자 라세안은 기회가 이때라는 듯 말을 잇는다.

"뛰어난 인간이 있으면 다수의 욕심 사납고 무식한 인간들이 어떻게든 음해하곤 하더군. 그게 인류 발전을 저해시킨 거지."

이 말은 입에 발린 소리가 아니다.

라이세뮤리안의 용생은 5천 년에 달한다. 그 5천 년 동안 여러 번의 수면기인 몇 백 년을 제외하면 4천 년 이상 활동했다.

그동안 레어에 머물며 수련을 하거나 유희했다.

둘을 비교하자면 유희 기간이 훨씬 길다. 따라서 인세에 대한 평가는 라세안의 의견이 훨씬 더 합당하다.

진짜 객관적인 시선으로 본 것이기 때문이다.

"그래, 편협한 사고를 가진 인간들의 시기와 질투 때문에 많은 어려움을 겪곤 했지. 자네 말을 인정해."

현수는 억울하게 죽은 남이 장군을 떠올렸다.

남이는 태종의 딸인 정선공주의 손자이다.

16세에 조선 역사상 최연소 무과 장원급제자가 되었다.

세월이 흘러 27세가 되었을 땐 병조판서의 직에 오른다. 이 역시 조선 500년 역사상 최연소 판서이다.

남이는 도적떼를 소탕하고, 이시애의 난을 편정하였으

며, 건주 여진을 정벌하는 등 많은 공을 세워 공신 대우를
받았다.

그리곤 유명한 시 한 수를 지었다.

白頭山石磨刀盡 백두산의 돌은 칼을 갈아 닳게 하고
斗滿江水飮馬無 두만강의 물은 말을 먹여 없앴도다.
男兒二十未平國 사나이 나이 스물에 나라를 평정치 못하면
後世誰稱大丈夫 후세에 그 누가 대장부라 일컫겠는가!

젊은 혈기가 끓어 넘치는 장부의 기개가 서린 글이다.

그런데 늘 남이의 승승장구를 시기하던 유자광이 이 시의
한 글자를 고의로 바꾼다.

남아이십미평국을 남아이십미득국(男兒二十未得國)으로 고
친 것이다. 그래놓고는 역모를 꾀하려는 증좌라며 이를 내놓
았다.

그 결과 남이 장군은 역적으로 몰려 능지처참의 형을 당하
고 말았다.

남이가 더 오래 살았다면 드넓은 만주 땅을 정벌하여 조선
의 성세와 영토를 크게 키울 수도 있었을 것이다.

그런데 쥐새끼만도 못한 자의 시샘 때문에 아까운 목숨을
너무나 일찍 잃은 것이다.

충무공 이순신도 많은 견제와 시기, 그리고 모함을 겪었다. 그러면서도 나라를 지키겠다는 일념으로 백의종군까지 했다.

이순신을 누구보다 견제한 인물은 조선 500년 역사상 가장 무능하고 속 좁았던 선조이다. 그리고 그에게 아첨하던 권력자들 역시 시기와 질투를 아끼지 않았다.

그래서 마지막 전투에서 장군 스스로 갑옷을 벗었다는 의견이 대두되고 있다.

전쟁을 승리로 이끌었어도 그 승리는 폄하되었을 것이고, 자그마한 실수는 크게 부풀려져 모든 공은 사라졌을 것으로 짐작된다.

그렇다면 남은 것은 오욕의 길뿐이다.

전란 중임에도 수군절도사였던 이순신을 졸병으로 끌어내린 자들이 나라의 실권을 잡고 있었기 때문이다.

이밖에도 허준 등 위대한 족적을 남긴 위인 거의 모두 어려움을 겪었다.

그리고 그 어려움은 권력욕에 눈먼 쥐새끼만도 못한 인간들 때문이었다.

그래서 군소리 없이 라세안의 말을 인정한 것이다.

"그래, 자네 말이 전적으로 옳아. 인간은 미성숙한 존재야. 그리고 뛰어나면 뛰어날수록 많은 시기와 질투를 받지."

"그걸 극복하는 방법이 있는데 궁금한가?"

"그게 뭔지는 나도 알아."

"정말?"

라세안은 진짜 아느냐는 표정을 짓는다. 이에 단호한 표정으로 대꾸했다.

"그래! 누구보다도 강하면 되지."

"단순히 강하다 하여 진심으로 승복할까? 난 아니라고 보네. 인간들은 자신보다 강자 앞에선 고개를 숙이지만 뒤돌아서면 씹고, 씹고, 또 씹는 족속이네."

"그 말도 맞아. 하지만 감당할 수 없을 정도로 강해 버리면 못 그러지."

"감당할 수 없을 정도로?"

"그랜드 마스터에 10서클 마법사라면 그러지 않겠는가?"

현수는 예를 든 것이다. 하지만 라세안이 듣기엔 아니다.

'무서운 놈! 지금 내게 경고하는 거지? 그랜드 마스터에 10서클을 이루었으니 까불지 말라고. 제기랄! 내가 어쩌다 이렇게 되었지? 라수스의 지배자인 내가. 쩝, 마음에 안 드는군. 하지만 어쩌겠어. 내가 이기지 못할 존재인데. 끄응!'

착각은 자유이고 망상은 해수욕장이라는 말이 딱 맞는다. 아무튼 라세안은 내키지 않았지만 고개를 끄덕였다.

"그래, 그 정도면 감히 어쩐진 못하겠지. 대신 한 가지 조건이 추가되어야 한다는 건 아나?"

"물론이야. 내가 사는 곳엔 이런 속담이 있어. '독하지 않으면 장부가 아니다' 라는 말이지."

"독하지 않으면 장부가 아니다? 흐음, 그 말, 일리가 있네. 맞아, 아주 강력하면서도 명확한 기준이 있으면 겁 없이 까부는 놈들은 사라지겠지. 하지만 가끔은 시범을 보여야 하네. 안 그러면……."

라세안의 말은 중간에 끊겼다. 현수가 고개를 끄덕인 때문이다.

"맞아, 인간은 망각의 동물이니까. 그래서 내 고향엔 일벌백계라는 말이 있네."

"일벌백계? 무슨 뜻인가?"

"일벌백계(一罰百戒)란 한 사람을 벌주어 백 사람을 경계한다는 뜻으로, 다른 이에게 경각심을 불러일으키기 위하여 본보기로 아주 중한 처벌을 내리는 일이네."

"그래! 그러면 인간들의 못된 습성이 고쳐지겠지."

라세안과 현수는 인간의 품성에 관한 여러 의견을 주고받았다.

이 과정에서 라세안이 인간에 대해 결코 악감정을 가지고 있지 않음을 파악할 수 있었다.

그렇게 한참을 가고 있는데 멀리서 일단의 무리가 경보로 다가온다.

"멈추십시오."

"……?"

"두 분, 잠시 멈춰주십시오."

현수와 라세안은 바쁘게 다가오는 사내들을 의아하다는 눈빛으로 바라보았다.

모두 기사 복장을 하고 있는데 정확히 열두 명이다.

얼굴을 알아볼 정도로 가까이 다가서자 선두의 인물이 묻는다.

"어느 분이 코리아 제국에서 오신 하인스 백작님이십니까?"

"날세."

현수의 대답에 기사는 한 팔을 가슴 앞에 대며 정중히 고개 숙인다.

"백작님을 만나 뵈어 영광입니다. 저는 이곳 피리안 영지의 기사단장 아크웰이라 합니다."

"그래, 반갑네. 그런데 날 왜 불러 세웠나?"

"저희 영주님께서 백작님과 기사단장님을 정중히 모셔오라는 명을 내리셨습니다. 특별히 바쁜 일이 없으시면 저희와 함께 성으로 가주시길 청합니다."

"……?"

"영주님께서 두 분을 위한 만찬을 준비하라 명하셨습니다. 음식이 만들어지고 있을 터이니 같이 가주십시오."

라세안을 바라보자 고개를 끄덕인다. 그로선 마다할 이유가 없는 일이다. 모든 것이 유희이기 때문이다.

CHAPTER 03
소드 마스터 가르치가

"좋네. 그렇게 하지."

"감사합니다. 지금부터는 저희가 모시겠습니다. 무엇들 하느냐? 백작님 일행을 수행하라!"

"네."

굵고 짧은 대답을 한 기사들이 일제히 움직인다.

현수의 전후좌우를 둘러싼 이 대형은 혹시 있을지 모를 암습 등을 대비한 것이다.

"가시지요."

"험, 그러세."

기사단장 아크웰은 40대 중년이지만 새파랗게 젊은 현수를 대함에 있어 각별한 예를 갖춘다.

"이곳의 영주님은 어떤 분이신가?"

그냥 가기 심심해서 물은 말이다.

"영주님은 레더포드 아물린 반 피리안 백작님이십니다. 본래의 성은 아스론이었지만 아드리안 공국의 시조이신 아드리안 멀린 반 나이젤님을 기리는 뜻에서 피리안으로 바꾸셨습니다."

"아드리안 공국은 시조의 이름을 따서 만들었는데 그것만으론 부족했다는 뜻인가?"

"예전에 나이젤 산맥에 살면서 온갖 횡포를 부리던 광룡이 있었습니다. 우연히 이곳을 방문하신 시조께서 그 드래곤을 제압한 것에 감명받아 성을 바꾸셨다고 들었습니다."

"흐음, 그런가? 그건 그렇고, 오다 보니 많은 사람이 봇짐을 지고 이동하던데 그건 어찌 된 영문인가?"

"아실지 모르겠습니다만, 우리 아드리안 공국은 현재 미판테 왕국 등 삼국연합의 위협 속에 놓여 있습니다. 겉보기엔 평온해 보이나 저희는 현재 전시 상태입니다."

"흐음, 그런가?"

짐짓 모르는 척하자 부연 설명을 한다.

"다행히 시조님의 후계자께서 누구든 우리 공국을 공격하는 자는 멸문지화를 당하게 될 것이란 경고의 말씀을 남기셔서 그나마 온전하게 버티고 있는 중입니다."

"안 그랬다면?"

"솔직히 말씀드려 그 말씀이 없으셨다면 아드리안 공국은 벌써 3등분되었을 겁니다."

"공국이 약해서인가, 아님 삼국연합이 강해서인가?"

"두 가지 모두 맞습니다. 우리 아드리안 공국은 타국에 비해 군사력이 약한 편이지요. 삼국연합은 강하구요."

"그런 걸 알면서도 왜 군사력을 키우지 않았는가?"

"맞는 말씀입니다. 하지만 우리 공국은 자유와 평화를 사랑하는 국가입니다. 하여 치안 유지에 필요한 병력만을 보유하는 것이 전통입니다."

"그건 바보 같은 전통이군. 스스로 화를 자초했어."

"……!"

자신이 속해 있는 국가의 전통을 대놓고 폄하하자 아크웰은 잠시 입을 다물었다.

"내 고향엔 자강불식이라는 말이 있네. 스스로 강해지기 위해 쉬지 않고 몸과 마음을 단련하라는 뜻이지. 내 몸이 쇠약해지면 병에 걸리기 쉽지?"

"그렇습니다."

"국가도 마찬가지이네. 스스로를 지킬 국방력이 없으면 언제고 이웃나라의 침략을 당할 수 있네."

"그, 그렇지요."

아크웰은 고개를 끄덕였다. 맞는 말이기 때문이다.

"국가와 국가 사이엔 가깝게 지낸다 하여 항상 우방국이
아니네. 언제고 자국의 이익을 위해 안면을 몰수할 수 있는
것이 국제 사회지. 안 그런가?"

"맞는 말씀입니다."

"오늘의 적이 내일의 우방이 될 수 있고, 지금은 우방이지
만 내일은 적이 될 수도 있네."

"네."

"그런데 아드리안 공국은 스스로 강해지기 위한 노력을 게
을리 했네. 그러니 삼국연합이 우습게 알고 달려든 거지."

"……!"

현수는 영주성으로 가는 동안 계속해서 아드리안 공국의
나태함을 까는 말을 했다.

너무나 심해 곁에 있는 라세안마저 조마조마할 정도로 위
험 수위를 넘나들었다.

그럼에도 아크웰 기사단장은 발작하지 않았다.

처음 들어보는 제국의 귀족이기에 억지로 참은 것이다. 하
지만 아무리 그러려고 해도 도가 지나치면 욱하는 법이다.

현수가 국왕까지 무능하다고 까자 참고 참았던 아크웰이

입이 열린다.

"그렇게 말씀하시는 백작님의 제국은 어떠합니까? 보유하고 있는 군사는 어느 정도인지요?"

"우리나라? 병사의 수효가 꽤 많지. 지금까지 말했듯 스스로를 지킬 힘을 가져야 하니까."

"그래서 그 병사의 수효를 여쭈었습니다. 참고로 우리 아드리안 공국은 총 3만의 병사를 보유하고 있습니다."

"그건 알고 있네. 흐음, 우리 코리아 제국의 현역 병사는 약 64만이고, 유사시 참전할 예비군은 320만 명쯤 되지."

"네에? 뭐, 뭐라고요?"

아크웰을 비롯한 기사들 모두 눈을 크게 뜬다. 그중엔 라세안도 포함되어 있다.

병사 몇 명만 나서도 능히 드래곤을 사냥한다는 나라이다. 그런데 병사의 숫자가 너무도 엄청나다.

"방금 현역 64만에 예비군 320만이라 하셨습니까?"

"물론이네. 병력을 감축해서 그 정도이지 전엔 더 많았네. 예비군은 450만이었을 때가 있었네."

"그, 그 많은 병사가 다 무장하고 있는 겁니까?"

아크웰은 몹시 당황한 듯한 표정이다. 상상조차 못한 어마어마한 병력 수에 질린 탓이다.

"그건 당연한 거 아닌가? 당연히 모두 무장하고 있네. 뿐만 아니라 여분의 무구도 충분히 비축되어 있네."

"그, 그렇다면 그 많은 병사를 다 무장시키고도 남는 무구가 있다는 말씀이십니까?"

"당연하지."

"헐!"

아크웰 등을 할 말은 잃었다는 듯 입을 다문다.

"그 정도는 돼야 하지 않겠나? 참고로 어스 대륙엔 약 230여 개 국가가 있네. 그중 우리 제국은 7위쯤 되지."

"아, 네에."

이 말을 끝으로 아크웰은 현수가 무어라 씹든 반발하지 않았다. 아니, 못했다.

당장 전투 가능한 병사가 400만에 육박한다는데 어찌 국방에 대한 의견을 내놓을 수 있겠는가!

"자아, 다 왔습니다."

내성 안으로 들어서자 바깥쪽과 달리 차분한 모습이다.

밖엔 언제든 피난 갈 만반의 준비를 갖춘 사람들로 북새통을 이루고 있었던 것이다.

쿵, 쿵, 쿵—!

"코리아 제국의 하인스 멀린 드 셰울 백작님과 기사단장님인 라세안 옥타누스님이 드시옵니다."

의전용 스태프를 두드리며 안에 고한 늙은 시종은 곁눈으로 현수를 살핀다.

그의 평생 습관은 독서이다. 하여 아드리안 공국에 존재하는 거의 모든 서책을 독파했다 여기며 산다.

그럼에도 코리아라는 이름은 한 번도 들어본 적 없다. 하여 제국의 백작이 대체 누군가 싶었던 것이다.

"드시게 하라!"

다소 창노한 음성에 현수는 의외라는 표정을 지었다.

영주가 젊을 것이라 상상했던 때문이다.

삐이꺽—!

꽤 높이가 높아서 그런지 육중해 보이는 문 열리는 소리 역시 나직한 저음이다.

"어서 오십시오, 백작!"

문이 열리며 드러난 인물은 60세 정도 된 혈색 좋은 사내다.

손님을 맞으려 하던 일을 멈추고 자리에서 일어나 있다.

"반갑습니다. 하인스 멀린 드 세울 백작입니다. 아, 그리고 이쪽은 제 영지 기사단장인 라세안 옥타누스입니다."

현수의 소개에 라세안은 내키지 않지만 정중히 고개를 숙였다.

안 그러면 재미있을 것 같은 유희가 끝나기 때문이다.

"레더포드 아물린 반 피리안이라 하오."

현수는 손을 내밀어 악수를 청했다. 이쪽의 예법이 아니라는 것을 알지만 왠지 이래도 될 것 같아서이다.

레더포드 백작은 고개를 갸웃하더니 손을 내밀어 맞잡는다.

"자아, 이쪽으로 앉으시오."

"네에, 감사합니다."

현수와 백작이 자리에 앉자 라세안은 현수의 뒤쪽에 시립했다. 동석할 군번이 아니기 때문이다.

"아! 자넨 잠시 자리 좀 비켜주겠나?"

현수의 말에 라세안은 멈칫했다가 이내 고개를 끄덕인다. 자신이 불편해할 것을 배려한다는 것을 깨달은 것이다.

"알겠습니다. 그럼 이만 물러갑니다."

라세안은 현수와 레더포드 백작 모두에게 가볍게 고개를 숙여주고는 당당한 걸음으로 나갔다.

"기사단장이 아주 당당하군요. 백작님도 기사단장님도 모두 상당한 수준인 것 같은데……. 하하, 이거 부럽습니다."

"……!"

"작년에 소드 마스터가 되었는데 오늘 두 분을 뵙고 안목이 크게 넓어지는 느낌입니다."

레더포드 백작의 말은 사실이다.

작년 이맘때 소드 마스터 반열에 올랐다. 아드리안 공국 유일이다.

하지만 이 사실을 아는 사람은 극히 일부이다.

호시탐탐 기회를 엿보는 삼국연합을 자극하지 않기 위함이다.

하여 아드리안 왕궁조차 알지 못하고 있다.

피리안 영지는 미판테 왕국과 국경을 마주하고 있다.

이를 지키는 변경백으로서 자신의 무력을 감추고 있는 것이다.

현수는 상대가 자신을 파악하고 있음을 짐작하였기에 부인하지 않았다.

"이미 소드 마스터가 되셨음을 감축드립니다."

"감사합니다. 하지만 성취가 낮아 안개 속을 걷는 느낌이외다. 백작께 한 수 가르침을 청코자 하는데 거절치 마시오."

"…그러지요."

아드리안 공국을 위험으로부터 구해주는 것이 스승으로부터 받은 유일한 임무이다.

따라서 레더포드 백작이 강해지도록 돕는 것이 좋다. 그렇기에 흔쾌히 고개를 끄덕여 주었다.

"그럼 말 나온 김에……."

"그러지요. 연무장은 어디에 있습니까?"

레더포드 백작이 안내한 곳은 지하 연무장이다. 사방 벽이 강화 마법으로 도배되어 웬만한 충격엔 끄떡도 않는다고 한다.

"연무장이 널찍한 것이 아주 좋군요."

"하하, 칭찬 고맙소이다."

잠시 후, 둘은 검을 뽑아 든 채 마주 서 있다.

"본 백작이 하수이니 먼저 들어가겠소이다."

"그러십시오."

지이잉—!

레더포드 백작의 검에서 푸르스름한 검강이 뻗어 나온다.

그런데 본인 말대로 소드 마스터가 된 후 진보가 없어서인지 굵기가 일정하지 못하다.

지이이이이잉—!

현수가 의지를 발현시키자 보다 굵고, 보다 선명하며, 보다 길고, 보다 고른 검강이 신속하게 뻗어 나온다.

"역시! 최상급이신 겁니까?"

"…그러합니다."

현수는 순순히 고개를 끄덕였다.

"그럼, 마음 놓고 들어가겠습니다. 야아압!"

쉐에에엑! 채챙! 쉬이익! 채채채챙—!

순식간에 이십여 합을 주고받았다.

레더포드 백작은 전력을 다했지만 현수는 본 실력의 삼 할 정도로 방어만 했다.

검을 맞대고 잠시 멈추게 되자 현수가 입을 연다.

"조금 더 빠르게, 그리고 전력을 다해보십시오."

"감사하오. 그럼, 이잇!'

쉐에엑! 챙! 쉬익! 채챙! 쉐에엑! 채채채챙―!

시퍼런 검강이 격돌하면서 높고 경쾌한 소리를 낸다.

마치 광선검을 가지고 아이들이 가볍게 장난치는 듯한 모습이다.

하지만 실상은 무시무시한 위력을 지닌 검강이 전력을 다해 휘둘러지는 중이다.

둘의 격돌은 한 시간가량 계속되었다.

"휴우~! 이제 좀 쉽시다. 생각해 보니 백작을 위한 만찬을 준비시켜 놓고 여기서 이러고 있었소이다."

"하하, 그러지요."

현수가 검을 거두자 백작이 정중히 고개를 숙인다.

"가르침 덕분에 안개가 조금 걷힌 듯합니다. 감사합니다."

"감사라니요. 검의 길을 걷는 동도끼리 너무 각별하게 예를 갖추는 것도 예가 아니라 들었습니다. 그냥 좋은 대결이었던 것으로 하십시오."

"하하! 네에, 그러지요."

레더포드 백작은 흔쾌히 고개를 끄덕였다.

"미흡하나마 준비한 것이니 맛이 없더라도 즐겨주십시오."

"네, 그럼."

중세 유럽처럼 식탁 양끝에 앉아 가볍게 고개를 숙여 예를 갖추고는 잘 차려진 만찬을 즐겼다.

그런데 고기에서는 누린내가 나고, 음식의 간은 엉망이다.

스테이크를 한 입 베어 문 현수는 실례라는 걸 알면서도 후 춧가루를 꺼내지 않을 수 없었다.

역한 냄새 때문에 비위가 상한 것이다.

"그건 뭡니까? 으읏, 에춰—!'

후춧가루가 후각을 자극한 모양이다. 현수는 빙그레 웃으며 입을 열었다.

"솔직히 말씀드려 고기에서 누린내가 좀 심하게 나네요. 그 냄새를 줄이려 뿌린 겁니다. 백작님 것에도 뿌려 드릴까요?"

"그걸 뿌리면 냄새가 줄어든다고요?"

"미판테 왕국에선 없어서 못 파는 물건입니다. 한번 경험해 보십시오."

현수가 후춧가루를 건네자 식사 시중을 드는 시종이 그것을 백작의 스테이크에 뿌렸다.

레더포드 백작은 잠깐 코를 씰룩이더니 고개를 갸웃거리고는 한 점을 입에 넣었다.

검은색에 가까운 가루 조금 뿌렸다 하여 무엇이 달라지겠는가 싶었던 것이다.

"……!"

현수는 예상했던 반응에 또 한 번 웃었다.

"스테이크에 적합한 소스도 있는데 맛보시겠습니까?"

이번엔 대답이나 반응을 기다리지 않고 스테이크 소스를 빈 접시에 담아 건넸다.

이건 현수가 직접 만든 것이다.

먼저 달군 팬에 버터를 녹인 뒤 얇게 썬 마늘을 넣고 볶았다. 여기에 양송이도 썰어 넣고 생크림을 부었다.

다음엔 소금으로 간을 맞췄고, 치즈 가루와 파슬리 가루를 뿌렸다.

그리곤 고소함을 더하기 위해 땅콩 가루까지 넣은 김현수표 특제 크림소스이다.

조심스레 소스를 묻힌 스테이크를 입에 넣은 레더포드 백작의 표정이 오묘하게 바뀌어간다.

달달하면서도 고소한 풍미를 느끼고 있는 것이다.

"흐으음! 이건……."

"맛이 괜찮으시지요?"

"쩝쩝, 이건 정말… 쩝쩝, 정말 맛이… 쩝쩝, 최곱니다."

귀족은 음식을 입에 넣고 말을 하지 않는다. 하지만 이 순간 레더포드 백작은 평소의 근엄함을 잊은 듯 열심히 씹으면서 이야기한다.

다 씹은 스테이크를 꿀꺽 삼키고는 얼른 또 다른 조각을 입에 넣는다.

이번엔 조금 전보다 소스를 더 많이 묻힌다.

현수는 이제 좀 먹을 만하다 느끼곤 느긋한 식사를 즐겼다.

"오늘 만찬은 내 평생 처음 먹어보는 진미였소이다. 감사하오, 백작."

"무슨 말씀을……. 하룻밤 잠자리를 제공해 주시니 그 정도는 해야지요."

"그럼, 내일 떠나실 예정입니까?"

"그럴 생각입니다."

현수가 고개를 끄덕이자 백작은 아쉽다는 표정이다.

"예서 며칠 더 머물러 주시면 안 되겠습니까?"

어찌 무슨 뜻인지 모르겠는가! 대련을 또 하자는 뜻이다.

"하루 정도라면 더 머물 수 있습니다."

피리안 영지를 둘러보고 싶은 생각 때문에 한 대답이다.

아크웰의 말대로라면 이 영지는 평민은 물론이고 농노들

도 살 만한 곳이어야 한다.

지금까지 살펴본 바에 의하면 레더포드 백작은 제법 선정을 베푸는 것 같다.

오는 동안 보았던 사람들의 얼굴이 그 이유이다. 유행성이하선염(볼거리)이나 콰시오커[3] 증상을 보이는 이는 없었다.

이는 후진국형 질병이다. 다시 말해 피리안 영지는 굶는 사람이 드물다는 뜻이다.

평민은 그러하다 하더라도 농노나 그 자식까지 배불리 먹는 영지는 매우 드물다고 들었다.

이는 귀족들의 수탈이 비교적 덜하다는 뜻이기도 하다.

"참, 이곳과 미판테 왕국의 세율 차이는 어떻습니까?"

"흐음, 정확하지는 않지만 미판테 왕국은 소출의 50%를 세금으로 내도록 되어 있습니다. 우리 아드리안 공국은 백성들의 어려움을 살펴 30%만 받고 있지요."

"아! 그래서……."

현수는 고개를 끄덕였다. 왜 삐쩍 말라 피골이 상접한 이가 드물었는지를 깨달은 것이다.

"이는 시조이신 아드리안 멀린 반 나이젤님……. 어라! 그러고 보니 백작님의 성함에도 멀린이 들어가는군요. 아는지 모르겠습니다만 멀린은 우리 공국의 수도 명칭입니다."

---

3) 콰시오커(kwashiorkor):유아의 단백질 섭취량이 극히 적은 상태가 오랜 기간 계속되었을 때 나타나는 증세. 키가 자라지 않으면서 머리와 배만 커지고, 팔다리의 살이 많이 빠져서 앉지도 걷지도 못하게 됨.

"그래요?"

현수는 대답을 회피했다.

아직은 신분을 드러내고 싶지 않음이다.

이는 아드리안 공국의 현황을 조금 더 알아보고 싶기 때문이다.

"우리 영지는 토질이 좋아 작물이 잘 재배됩니다. 하여 세금으로 30%를 바치고도 그럭저럭 살 수 있을 정도는 됩니다."

"그렇군요."

"문제는 점점 더 척박해져 간다는 겁니다. 매년 소출이 조금씩 줄어들고 있습니다."

레더포드 백작은 이맛살을 찌푸렸다. 생각만 해도 골치가 아프기 때문이다. 지금까지는 그런대로 괜찮았지만 내년부터는 굶는 영지민이 발생될 것이란 보고를 들은 바 있다.

영주로서 보살펴야 할 영지민들이 굶게 되었다 생각하니 저절로 이맛살이 찌푸려진 것이다.

"지력 회복이 관건이라는 뜻이군요."

"네? 지력 회복이라니요?"

레더포드 백작은 처음 듣는 이야기라는 표정이다.

"농사를 짓고 나면 소출이 생기지요? 그 소출이 가진 영양분 중 일부는 땅에서 흡수한 겁니다. 그러니 작물이 흡수한 작물 양분을 토양에 돌려주어야 계속해서 같은 양이 수확됩니다."

아직은 뭔지 모르지만 상당히 전문적인 이야기가 될 것이라 판단했는지 백작은 귀를 기울인다.

"작물을 심을 때 또는 작물이 자라고 있는 동안 작물이 흡수할 양분을 토양에 주는 것도 한 방법이지요."

"그걸 어떻게……?"

"여러 방법이 있습니다. 그중 하나는 불가사리라는 해양 생물을 이용하는 방법입니다. 불가사리가 어떻게 생긴 건지는 아시죠?"

"그럼요. 그건 아무짝에도 쓸모없는 해만 끼치는 거지요."

"네, 그렇게들 알고 있죠. 왕겨와 불가사리를 50대 50, 또는 70대 30으로 혼합하여 6개월 이상 발효시키면 염분이 어느 정도 제거됩니다. 그걸 밭에 뿌린 뒤 농사를 지으면 상당히 많은 소출을 얻을 수 있습니다."

"아, 그래요? 말씀 중에 죄송합니다만 시종을 불러 메모토록 해야겠습니다. 양해하여 주십시오."

"뭐, 그러십시오."

현수의 말이 떨어지기 무섭게 백작은 밖으로 나갔다.

그리곤 스태프로 바닥을 두들긴 뒤 방문객을 알리던 늙은 시종을 데리고 왔다.

"우리 영지 최연장 시종인 알프레드입니다. 인사드리게."

"하인스 백작님은 뵙게 되어 영광입니다."

"흐음, 그래요. 반갑습니다."

나이가 최소 70은 되어 보였기에 아주 말을 놓지는 않았다.

"조금 전의 그 말씀, 다시 한 번 해주십시오."

"그러지요. 농토가 척박해지는 이유는……."

현수는 본인이 알고 있는 지식의 일부를 풀어놓았다. 물론 이곳 아르센 대륙에 맞춰 전문적인 용어는 바꿨다.

같은 곳에 같은 작물을 계속해 심으면 작물 양분이 모두 사라져 소출이 줄어든다는 것을 먼저 설명하였다.

다음엔 윤작[4]에 의한 침식 방지와 지력 회복을 설명했다.

아울러 질소 고정이 가능한 콩과 식물의 재배가 토지에 어떤 영향을 주는지 이야기했다.

콩과 식물의 뿌리혹박테리아와의 공생관계에 의해 대기 중의 질소를 식물이 사용 가능한 상태로 만들어준다는 내용은 참으로 설명하기 어려웠으나 어찌어찌해서 넘어갔다.

이밖에 각종 거름과 퇴비 만드는 방법, 사용법도 이야기해주었다.

말하는 내내 알프레드는 감탄을 금치 못하면서 고개를 끄

---

4) 윤작:돌려짓기(Crop rotation) 작물을 일정한 순서에 따라서 주기적으로 교대하여 재배하는 방법. 병충해의 피해를 줄이는 효과도 있다.

덕인다.

어느 것 하나 사리에 어긋남이 없음을 알기 때문이다.

마지막은 농업용 목초액에 관한 설명이다.

숯을 만드는 방법과 희석 방법, 그리고 그 효용을 들은 알프레드와 레더포드 백작은 깜짝 놀란다.

목초액 원액을 다섯 배로 희석하면 제초제 역할을 한다.

100~200배 희석 액은 살균, 살충의 농약이 된다.

500~1,000배로 희석하면 거름의 액비로 사용된다니 어찌 놀라지 않겠는가!

흥이 난 현수는 목초액으로 치료 가능한 질병에 관한 설명도 하였다.

"휴우! 정말 대단하십니다. 농사를 직접 짓는 것도 아닐 텐데 어찌 이렇듯 소상히 아는 건지요?"

알프레드가 진심으로 감탄한다는 표정을 짓는다.

"우리 영지도 한때 지력 회복이 관건인 시절이 있었습니다. 그때 많은 영지민들이 연구하여 도출한 결론입니다. 이곳 피리안 영지에서도 유용했으면 좋겠군요."

"그럼요. 당연히 그럴 겁니다. 그런데 말씀하셨던 것 중 콩과 식물이라는 것이 어떤 건지 몰라……."

"내게 조금 있으니 가기 전에 나눠 드리겠습니다. 아울러 재배법도 알려 드리지요. 당분간은 먹지 말고 개체수 늘리기에 힘쓰십시오. 몇 년 지나지 않아 모든 영지민이 먹을 수 있을 정도로 많은 수확을 얻을 수 있을 겁니다."

현수는 아공간에 담겨 있는 강낭콩과 완두콩을 떠올렸다.

지력도 회복시켜 주고 단백질도 제공하는지라 콰시오커를 예방할 수 있는 좋은 작물이다.

"어이쿠, 밤이 늦었군요. 이만 쉬십시오."

"네."

알프레드의 안내를 받아 손님용 방으로 가니 라세안이 명상을 하는 듯 앉아 있다 눈을 뜬다.

"자네가 말한 그 방법 말이네."

"무슨 방법?"

"윤작과 휴경농법, 그리고 두엄과 퇴비 등등 말이야."

"다 들었나?"

"그거 정말 괜찮은 거 같네."

라세안은 코리아 제국이 더욱 궁금해졌다.

아르센 대륙에선 들어보지도 못한 것들이 줄줄 튀어나왔기 때문이다.

"땅은 한정되어 있고 인구는 점점 늘어나니 당연히 그런 쪽을 연구할 수밖에 없지 않겠는가?"

"그래, 그래서 대단하다는 뜻이네."

"칭찬인가?"

"물론이야. 언제고 나를 꼭 코리아 제국에 데리고 가주게."

"글쎄… 너무 멀어서."

"아무리 멀어도 괜찮네. 그러니 꼭……."

"그러지. 기회가 닿으면. 이만 쉬세."

라세안이 자신의 방으로 간 후 현수는 습관처럼 명상에 들었다.

드래고니안, 라이세뮤리안, 그리고 조금 전 레더포드 백작과의 대결을 떠올리고는 심상 수련에 들어간 것이다.

새벽 무렵엔 이실리프 마법서의 내용들을 떠올렸다. 8서클 마스터가 되었으니 9서클 마법들도 살펴본 것이다.

현재로선 구현 불가능하지만 노력하면 할 수 있을 것이란 생각이 들어 마나 배열 등을 세심히 살폈다.

그러는 동안 새벽이 밝았다.

짹, 짹, 짹—!

"흐으으음!"

길게 숨을 내쉬고는 눈을 떴다.

사람들이 일어나 움직이는 기척이 여기저기에서 느껴진다. 하녀와 시종들일 것이다.

"워싱!"

머리카락이 머금고 있던 기름기가 제거되자 멀쩡해진다.

"후후, 마법은 이럴 때 정말 편해."

손가락으로 머리카락을 쓱쓱 빗어 내리는데 나지막한 노크 소리가 들린다.

똑, 똑, 똑—!

"네에, 들어오십시오."

삐이꺽—!

"하인스 백작님! 편히 쉬셨소?"

"아! 레더포드 백작님, 아침부터 어떻게 이곳엘……."

"하하, 이놈의 검이 밤새 울어서 말이지요. 날이 밝기만을 기다렸소이다. 괜찮으시다면……."

웃는 낯으로 애검을 흔들어 보인다. 어찌 무슨 뜻인지 모르겠는가!

레더포드 백작은 밤새 한숨도 자지 않았을 것이다.

그 시간 동안 자신과의 대결을 떠올리며 수련했을 것이다.

같은 검사로서 정진하기 바라는 마음을 어찌 모르겠는가!

"그러지요. 잠깐만요."

레더포드 백작은 손수 침상 정리를 하는 현수를 보고 느끼는 바가 있었다.

태어나 현재에 이르기까지 단 한 번도 자신의 손으로 자고 일어난 침상을 정리해 본 적이 없다.

세숫물도 시녀들이 떠온 것으로 씻었고, 목욕도 늘 시중 받으며 했다.

용변을 본 뒤처리 역시 시종들의 몫이다.

보아하니 현수는 자신의 침상을 스스로 정리하는 듯하다.

그렇지 않고야 이토록 자연스럽게 정돈할 수 없기 때문이다.

이미 세수도 마친 모양이다.

언제 일어날지 몰라 시녀가 떠다 놓은 물이 문밖에 있는 것으로 미루어 짐작컨대 혼자 밖에 나가 어느 누구의 도움도 없이 씻은 것 같다.

CHAPTER 04
부담스런 동행

전능의팔찌
THE OMNIPOTENT
BRACELET

　같은 백작이다. 하지만 상대는 제국의 백작이고, 자신은 일
개 공국의 백작일 뿐이다.

　게다가 상대는 소드 마스터 최상급에 이르러 있고, 본인은
이제 간신히 검강을 뿜어낼 수준이다.

　당연히 대우가 달라져야 한다.

　하여 지난밤 레더포드 백작은 고심했다.

　자신의 영지를 찾은 하인스 백작의 객고를 풀어줄 상대로
누구를 투입해야 할 것인가를 생각한 것이다.

　명색이 백작이니 허드렛일이나 하는 시녀 중 하나를 고를

수는 없다. 그렇다면 귀족가, 또는 기사 가문의 여식 가운데 하나를 골라야 한다.

현수가 젊어 보이니 나이든 여인은 안 된다. 그렇다면 아직 혼례를 올리지 않은 처녀여야 한다.

문제는 귀빈의 객고를 풀어줄 하룻밤 상대를 하고 나면 평생 결혼은 물 건너가는 일이 되어버린다. 다시 말해 누군가의 일생을 망치도록 강요해야 한다는 것이다.

어찌 결정이 쉽겠는가!

노심초사하는 동안 시간이 흘렀다.

만일 현수가 색을 밝히는 귀족이었다면 시종을 통해 계집을 넣어달라는 청이 들어오고도 남을 시간이 지났다.

그럼에도 아무런 기척이 없기에 시종들을 불러 모아 혹시 들은 이야기가 없느냐고 물었다.

물론 모두 고개를 내저었다.

안도의 한숨을 쉬면서도 레더포드 백작은 걱정되었다. 자신의 응대가 마음에 안 들어 그러는가 싶었던 것이다.

그러다 시간이 아주 많이 흘러 심야가 되었을 때야 긴장을 풀었다. 누군가의 신세를 망치지 않아도 된다고 판단한 것이다.

그 이후엔 내내 심상 훈련을 했다. 그러는 가운데 느껴지는 바가 있었다. 하지만 구체적이진 못했다. 그렇기에 아침 댓바

람부터 실례를 무릅쓰고 대련을 청하러 온 것이다.

레더포드 백작과 현수가 연무장을 나선 것은 들어가고 거의 두 시간이 흐른 뒤이다.

현수는 멀쩡한 반면, 백작은 기진맥진한 모습이다.

"후후! 바디 리프레시."

현수의 손에서 눈에 보이지 않는 마나가 뿜어져 레더포드 백작의 몸으로 스며든다.

그러자 헐떡이던 숨이 금방 가라앉는다. 느낌이 이상했는지 고개를 갸웃거리는 모습을 보며 피식 실소 지었다.

아침 식사를 마치곤 곧장 여장을 꾸리는 모습을 보여주었다.

레더포드 백작은 몹시 아쉽다는 표정을 짓는다.

"하룻밤 잘 지냈습니다. 다음에 또 뵙지요."

"무슨 말씀을…… 백작님 덕분에 신세계를 경험했습니다. 정말 감사합니다."

레더포드 백작은 시선을 돌려 라세안을 바라본다.

"기사단장이라 했는가? 백작님을 잘 보필하시게."

"그러지요."

라세안은 가볍게 고개를 숙여주었다.

레더포드 백작은 별 반응 없었지만 곁에 있던 피리안 영지의 기사들은 무례하다며 발작하려 한다.

분위기를 파악한 레더포드 백작이 손을 들어 휘하 기사들을 제지한 후 다시 입을 연다.

"이쪽은 제 손자입니다. 멀린까지 백작님을 보필토록 하였으니 편하게 대하십시오."

레더포드 백작의 오른쪽엔 청년이 다 된 소년 하나가 있다. 신장은 170㎝ 정도, 체중은 53㎏ 정도로 보인다.

나이는 이제 20살이 갓 된 듯하다.

"......?"

현수가 시선을 주자 청년이 얼른 고개를 숙인다.

"안녕하십니까? 카트 조핀 반 피리안이라고 합니다. 카트라고 불러주십시오."

현수가 고개를 끄덕여 알았다는 뜻을 표하기도 전에 레더포드 백작이 먼저 입을 연다.

"우리 영지에서 멀린을 가장 자주 왕래한 녀석입니다. 길을 잘 아니 안내도 잘 할 겁니다."

"......!"

"아, 부담 갖지 않으셔도 됩니다. 마침 이 녀석도 멀린에 있는 아카데미로 복귀해야 하는 상황입니다. 여기 잠시 다니러 온 거거든요. 그러니 동행해 주십시오."

"잘 모시겠습니다, 백작님."

라세안에게 시선을 주자 두 손을 벌려 마음대로 하라는 뜻을 표한다. 현수는 할 수 없다는 듯 고개를 끄덕였다.

"…그러지."

"카트, 가는 동안 결코 무례해선 안 된다. 알겠느냐?"

"네, 할아버지. 걱정 마십시오."

"자, 그럼 편한 여정이 되길 기원 드립니다, 백작!"

"네, 잘 쉬고 갑니다. 그럼 안녕히……"

인사가 끝나자 기다렸다는 듯 카트의 입이 열린다.

"자아, 이쪽으로 가시지요."

"……!"

카트가 손짓한 곳엔 두 마리 백마가 마주 선 채 앞발을 치켜든 문장이 그려진 마차가 서 있다. 육두마차이다.

"편히 가시라 제가 마련했습니다. 마다하지 말고 가십시오."

"흐음, 고맙습니다."

현수가 먼저 마차에 오르자 카트가 따라 오른다. 라세안은 마차 곁에 있는 백마에 올라탔다.

호위기사가 같은 마차를 탈 수는 없는 노릇이기 때문이다.

"출발하라!"

"이랴—!"

"좌악—!"

마부가 가볍게 채찍을 흔들자 마차가 움직이기 시작한다.

마차의 앞에는 영지의 기사 넷이 있고 뒤에도 넷이 따른다. 그들의 뒤엔 병사 80명이 부지런히 발을 놀리고 있다.

"다시 인사드리겠습니다. 카트 조핀 반 피리안이라고 합니다. 카트라 불러주십시오. 그리고 수도까지 가는 동안 궁금한 것이 있으면 무엇이든 물어주십시오."

"흐음, 알겠네."

짧은 대답만 하고 현수가 눈을 감자 카트는 뭔가 말을 하려던 입을 닫았다.

두두두두! 두두두두!

잠시 말발굽 소리만 들린다. 카트는 계속 눈치를 살피다 포기했는지 멍한 시선으로 창밖을 내다본다.

[이 동네는 백작도 꼼수를 부리는군. 크흐흐, 좋겠네.]

[좋기는 개뿔, 불편하기만 하네.]

라세안의 전음에 현수가 대답한 말이다.

라세안과 현수는 카트라 불러달라는 청년이 여인이라는 것을 처음부터 눈치채고 있었다.

그럼에도 모르는 척하는 이유는 레더포드 백작의 복안이 무엇인지 짐작해 보려 한 때문이다.

손자라 했으니 카트는 손녀일 것이다. 그리고 본래 이름은 카트린느 조세핀 반 피리안 정도가 될 것이다. 아는 척할까 하다가 안 그러기로 했다. 그래줄 이유가 없기 때문이다.

그렇게 한참을 달렸다. 출발하고 거의 한 시간쯤 지났을 때 현수가 무심한 표정으로 물었다.

"수도에 있는 아카데미에 다닌다고?"

"아, 네에. 현재 10학년입니다. 이제 졸업반이지요."

"그래? 아카데미에선 무엇을 배우나?"

"저는 마법반입니다. 그리고 3서클 유저입니다."

"그래?"

대답을 하곤 말을 끊었다. 카트는 또 입을 열려다 닫는다. 선천적으로 말을 많이 하는 타입인 듯하다.

그리곤 의아하다는 듯 고개를 갸웃거린다.

마법사는 귀한 존재이다.

우선 똑똑하지 않으면 안 된다. 마나 배열 수식이 워낙 난해하고 복잡하기 때문이다. 한국으로 치면 미적분을 능수능란하게 암산할 능력이 없으면 마법사가 될 수 없다.

여기에 마나 친화력까지 갖춰야 한다. 그렇지 않으면 아무리 똑똑한 천재라 해도 마법사가 될 수 없다.

아무튼 둘 다를 갖춰도 20세 미만에 3서클에 오르는 것은 불가능에 가깝다. 아이큐 200에 육박하는 현수 역시 결계 안에서 얼마나 긴 시간을 수련했던가!

따라서 20세 미만에 3서클이라고 하면 화들짝 놀라는 표정을 지어야 한다. 그다음엔 대단하다는 말이 저절로 나와야 한다. 그런데 현수는 거의 무반응이다.

'검만 다루서서 마법사에 대해 잘 모르시나?'

고개를 갸웃거린 카트는 눈을 감아버린 현수를 살폈다.

대륙에선 보기 드문 검은 머리카락의 소유자이다. 나이는 25세 정도인데 작위를 가진 귀족이다.

검을 패용하곤 있는데 장식용인지 실전용인지 가늠이 되지 않는다.

검사가 마법사를 잘 모르듯 마법사 역시 검사에 대해 잘 모르기 때문이다.

'참, 검사의 화후는 손을 보면 짐작된다고 했지?'

카트는 시선을 내려 현수의 두 손을 살폈다.

할아버지인 레더포드 백작은 두툼한 굳은살이 있지만 현수는 그렇지 않다.

'행정가인가?'

카트는 또 고개를 갸웃거린다.

같은 순간, 현수는 눈을 감은 채 카트의 마나량을 체크하고 있었다.

이제 겨우 스무 살도 안 되었는데 벌써 3서클이라니 놀라워서이다.

비슷한 나이로 로즈가 있다. 지금쯤 코찔찔이 세실리아 여관 건물 2층에서 마법을 수련하고 있을 것이다.

처음 마법을 가르쳤을 때 현수는 로즈와 릴리 자매의 재능에 놀라지 않을 수 없었다. 하나를 가르치면 둘, 셋을 아는 정도가 아니라 거의 열을 짐작해 낸다.

한자 성어로 문일지십(聞一知十)의 천재이다. 그렇기에 금방 1서클이 되었고, 현재는 3서클에 오르려 한다.

'으음! 로즈가 카트보다는 두 살쯤 어리니 서로 비슷한 건가? 그래도 그렇지 이제 겨우 스무 살쯤 되었는데 3서클이라니.'

현수는 아카데미에도 스승인 멀린이 설치해 놓은 타임 딜레이 마법진이 있다는 사실을 모르기에 내심 감탄했다.

또 하나 모르는 것이 있다.

얼마 전 방문했던 미판테의 현자 아르가니 후작의 손녀 케이트 역시 3서클의 마법사이다.

열아홉 살이니 스무 살이 안 되긴 마찬가지이다.

케이트는 아주 어려서부터 아르가니 후작의 집중적인 교육을 받았고, 본인도 열심히 수련한 결과이다.

이런저런 생각을 하는 동안에도 마차는 쉼없이 굴러간다.

"백작님, 배고프지 않으십니까?"

"으응? 아니, 별로. 근데 벌써 점심때가 되었나?"

"지났는데요. 여기서 잠시 쉬었다 가는 게 어떻겠습니까?

여길 지나치면 한참 동안 식수 구하기가 어렵습니다."

"그래, 그럼."

일부러 사내처럼 말하는 카트를 일견한 현수는 마차 밖으로 나왔다.

"식사 준비해요."

"네, 아가… 아니, 도련님!"

지근거리에 있던 기사가 얼른 말을 얼버무리곤 물러난다.

"오늘 점심 메뉴는 뭐지? 나와 라세안은 입맛이 조금 까다로운 편인데."

"여행 중이라 정식 만찬 정도는 못 됩니다."

"그래? 그럼, 기대하지."

현수가 라세안 쪽으로 이동하자 카트는 병사들을 불러 무언가를 지시한다.

그러는 동안 시선을 들어 주변을 살피니 이곳은 평야지대가 거의 끝나가는 지점이다.

멀지 않은 곳에 울창한 수림으로 뒤덮인 산이 있다. 그런데 숲이 얼마나 울창한지 시커멓게 보인다.

누가 봐도 뭔가 튀어나올 것만 같은 태고의 신비를 간직한 숲이다.

"흐음, 여기가 나이젤 산맥의 시작점이네. 원래는 다른 이름이었는데 아드리안 공국이 건국되면서 이름을 바꿨지."

"그래? 숲이 너무 울창해서 몬스터들이 꽤 있겠는데?"

"꽤 정도가 아니네. 예전 이름이 뭔지 아나?"

"그걸 내가 어떻게 알아? 뭔데?"

"우글우글 산맥! 아르센 대륙에서도 몬스터들이 가장 많이 밀집한 산맥이네."

"흐음! 그래?"

라세안이 고개를 끄덕이자 현수가 나직한 침음을 냈다.

"아드리안 공국이 이곳에 자리 잡기 전엔 나이젤 영지였지. 자네 스승이 카이엔 제국의 후작이었을 때 받은 봉토라네."

"그래? 근데 왜 이런 델 받으셨지?"

"당시의 황제는 다른 봉토를 주려 했네. 자네의 스승이 건국에 혁혁한 공을 세웠기 때문이지."

"그런데?"

"자네의 스승이 이곳을 택했네. 마법사다운 선택이지."

"그건 무슨 소린가?"

"아드리안 공국이 삼국연합의 공격을 받은 이유가 뭔가?"

"그야 미스릴 광산 때문이지."

"그래, 그 미스릴은 마나와 밀접한 관계가 있네. 마법사는 마나를 능숙하게 다루고."

"그런데?"

"그 미스릴 광산이 바로 나이젤 산맥 속에 있네."

"…미스릴 광산의 위치는 공왕과 두 공작만 알고 있다고 소문이 나 있는데 자네가 그걸 어찌 알지?"

"그야 나는 모르는 게 없어서이지."

라세안은 모처럼 우쭐한 표정을 짓고는 말을 잇는다.

"아무튼 이 산맥 속엔 상당히 많은 몬스터가 살아. 그리고 내가 전에 말한 드래곤도 있지."

"흐음!"

현수는 나직한 침음을 냈다.

보호해야 할 아드리안 공국인데 몬스터가 많다니 신경 쓰인 때문이다.

"두 분, 식사 준비 다 되었습니다. 오시지요."

"웅? 그, 그래."

카트의 부름에 현수는 찌푸렸던 인상을 폈다. 마차 뒤쪽으로 가보니 그럴듯한 식탁이 차려져 있다.

하지만 음식은 별로이다. 스튜 비슷한 것에 빵 몇 개가 있을 뿐이다.

"별로 먹고 싶은 생각이 안 나는군."

라세안의 말에 현수가 고개를 끄덕인다.

"그러게. 참, 카트. 여기서 수도까지 며칠이나 걸리지?"

"멀린까지 가는 방법은 두 가지가 있습니다. 나이젤 산맥을 빙 돌아가면 삼십여 일이 걸립니다."

"다른 방법은?"

"말을 버리고 산맥 속을 도보로 이동하면 이십 일쯤 걸릴 겁니다."

"걸릴 겁니다?"

"네, 그렇게는 한 번도 안 가봐서 정확히는 모릅니다. 다만 여기서 하루 정도 더 가면 마레로라는 마을이 나오는데 거기 가봐야 정확히 압니다."

"마레로 마을을 가봐야 알아? 왜지?"

"산맥을 가로지르려면 그 마을에서 길잡이와 용병을 고용해야 하기 때문입니다."

"용병을? 기사와 병사들이 있음에도?"

"네, 우리 일행 이외에도 최소 B급 용병 30명은 더 있어야 나이젤 산맥을 넘어갈 수 있습니다."

"왜지?"

"그건 워낙 몬스터가 많기 때문입니다."

"흐음, 그래? 그건 그렇고, 어느 길로 가든 계속 이런 음식을 먹어야 하는 건가?"

"네? 아, 죄송합니다. 사실 두 분이 동행할 것을 예상치 못해 준비가 많이 미흡합니다."

허리를 깊숙이 숙인 카트는 까탈 부리는 현수에게 미안한 마음보다는 '뭐, 이런 사람이 다 있어?' 하는 표정을 지었다.

수십 대의 마차가 늘어서서 이동하는 것도 아니고 달랑 두 대의 마차가 움직인다.

나머진 기마를 하거나 도보로 이동한다. 큰 마차엔 현수와 자신이 탑승했고, 뒤따르는 마차엔 식재료 등 여행에 필요한 것들이 잔뜩 실려 있다.

따라서 이만한 식탁을 차린 것만 해도 대단한 일이다.

화덕도 없고 요리 도구도 제대로 갖춰져 있지 않다.

요리사가 따라온 것도 아니다.

그런데 영주성에서나 먹을 만한 음식을 내놓으라는 느낌을 받은 것이다.

"라세안, 우린 이런 식으론 못 먹지?"

"네, 영주님."

라세안이 맞장구치자 현수는 아공간 속에 손을 집어넣었다.

현수의 손에 프라이팬이 들려 나오자 카트의 눈이 커진다.

"헉! 마, 마법사셨습니까?"

카트가 놀라거나 말거나 현수는 아공간에서 계속해서 요리 도구와 식재료들을 꺼냈다.

잠시 후, 모든 것이 갖춰지자 화력 삼삼한 버너에 불을 지피곤 현란한 솜씨로 요리를 시작했다.

기사 여덟 명, 병사 여든 명, 마부 한 명, 그리고 카트와 현수, 라세안 이렇게 총원 92명이다. 92명분 요리를 시작한 것이다.

카트는 현수의 현란한 요리 솜씨에 넋이 반쯤 나가 버렸다. 그도 그럴 것이, 요리 도중 사용되는 마법 때문이다.

불고기를 양념에 재울 때와 미역을 물에 불릴 땐 타임 패스트 마법을 썼고, 김밥을 말아놓고는 타임 딜레이 마법을 건다. 양념이 충분히 밴 자료를 익힐 땐 초고온을 내는, 무려 6서클 마법인 플라즈마 볼이 동원되었다.

3서클 마법사이지만 카트는 본 적도 없는 고위 마법이다.

할아버지에게 이야기 듣기론 하인스 백작은 소드 마스터라 했다.

그런데 6서클 마법을 너무도 자연스럽게 구사하기에 넋이 나간 것이다.

그러다 영주성에서도 볼 수 없던 화려하고 규격화된 그릇들을 보곤 아예 입을 쩍 벌렸다.

물론 너무도 아름답고 세련되었기 때문이다.

잠시 후, 긴 식탁이 마련되었다. 그리곤 식판을 꺼낸다.

반짝반짝 은빛을 내는 그것은 군대에서 많이 사용되는 스테인리스 철판으로 만든 것이다.

이것이 카트의 눈엔 미스릴로 보인다.

불고기를 찍어 먹을 포크와 미역국을 떠먹을 숟가락도 마찬가지다.

'이분은 대체……? 코리아 제국이라는 나라의 물건인가 본데, 어떻게 이런 것들을……'

카트는 밥 먹게 자리에 앉으라는 현수의 말을 두 번이나 씹었다.

아무것도 들리지 않는 반 공황상태에 빠진 때문이다.

"자, 먹지!"

모두가 자리에 앉자 현수가 한 말이다.

"크흐흐! 이 불고긴 오랜만이군."

라세안이 허겁지겁 음식을 먹기 시작하자 카트 역시 조심스럽게 불고기를 입에 넣어 보았다. 냄새를 괜찮았는데 과연 맛은 어떨까 싶었던 때문이다.

"으음!"

잠시 후, 카트 또한 라세안과 다를 바 없어졌다.

귀족가의 여식으로 태어났기에 식탁 예절이라는 걸 철저하게 받았다.

그리고 그것은 이제 몸에 익어 언제 어디서든 자연스럽게 행해지는 중이다.

그런데 그걸 깡그리 잊은 듯 허겁지겁한다.

수행하던 기사와 병사들이라 하여 어찌 다르겠는가!

모두 식판에 코라도 처박을 듯 고개를 숙인 채 폭풍 흡입 중이다

태어난 이래 가장 맛있는 음식이기 때문이다.

"꺼어억—! 잘 먹었습니다, 영주님!"

라세안이 만족스럽다는 듯 웃음 짓자 현수는 고개를 끄덕였다.

그리곤 카트에게 시선을 돌렸다.

식사 예절 따위는 모른다는 듯 숟가락질을 하는 그녀의 입가엔 불고기 양념이 잔뜩 묻어 있다.

"카트, 천천히 먹어."

"쩝쩝, 네? 아, 네에. 쩝쩝!"

고개를 들었던 카트가 다시 음식을 입에 넣자 현수는 피식 웃었다.

"설거지는 자네 담당인 거 알지?"

"그러지. 워싱! 이베포레이션!"

개울까지 가려면 제법 거리가 있어서 마법으로 간단히 해결하는 라세안이다.

"……?"

허겁지겁 음식을 먹던 카트가 움찔한다.

하인스 백작이 마법사라는 건 알게 되었지만 설마 수행하는 라세안마저 그럴 것이라곤 상상조차 못한 때문이다.

현수도 그랬지만 라세안 역시 몇 서클인지 가늠되지 않는다.

하위마법사는 상위마법사의 화후를 알아낼 수 없기 때문이다.

"백작님, 뭐 하나 여쭤봐도 되겠습니까?"

"뭐지?"

식사를 모두 마치고 마차가 출발하고 얼마 지나지 않아 카트가 궁금하다는 표정을 지으며 물은 말이다.

"외람된 질문인지 모르겠습니다만, 백작님과 기사단장님은 마검사이신 건가요?"

"마법과 검을 쓸 수 있느냐는 물음이라면 그렇다."

"역시! 몇 서클이나 되는지 혹시……."

"별게 다 궁금하군."

"네? 아, 네에. 죄, 죄송합니다."

카트는 자라목처럼 움츠러드는 자신을 발견할 수 있었다.

"자네가 다니는 아카데미의 교수들은 몇 서클인가?"

"네? 아, 네에. 마법학회장님은 5서클 유저이시고, 휘하 지도교수님들은 대부분 4서클이십니다."

"그래? 아드리안 공국의 마탑주는 몇 서클이지?"

"영광의 마탑주이신 로만 커크랜드님은 6서클이십니다."

"흐음, 마탑주가 6서클이라고?"

"네, 본시 7서클 대마법사님이 마탑주님이셨는데 어쎄신의 공격을 받아 돌아가셨습니다. 그때 7서클 마법서를 모두 분실하여……. 아무튼 로만 커크랜드님은 6서클 유저십니다."

카트의 뒷말은 점점 작아졌다. 왠지 초라해지는 느낌이 든 때문이다.

하나 잠시 후 조금 당당해진 목소리로 말한다.

"하지만 우리 공국엔 영광의 마탑만 있는 게 아닙니다. 건국 시조이신 아드리안 멀린 반 나이젤님이 이끌던 이실리프 마탑도 있습니다."

"이실리프 마탑?"

"네, 지금은 어느 분이 마탑주님이신지 모르지만 건국 시조님은 9서클 마스터셨습니다."

카트는 스승인 멀린이 존재했다는 것만으로도 자랑스럽다는 표정이다.

"이실리프 마탑은 어디에 있지?"

"그, 그건… 아마도 바세른 산맥 어딘가에 있을 겁니다."

카트의 음성에선 금방 자신감이 사라졌다.

아르센 대륙 최고의 신비라 칭해지는 이실리프 마탑이 어디에 있는지 정확히 아는 자는 아무도 없기 때문이다.

"바세른 산맥은 아드리안 공국 영토가 아닌데?"

"그, 그래도 이실리프 마탑은 우리 공국의 마탑이에요."

"누가 그래? 공국 땅에 있는 것도 아닌데."

현수가 꼬치꼬치 캐묻자 카트는 당황하는 기색이 역력하다.

"그, 그렇기는 해도… 아무튼 이실리프 마탑은 우리 공국의 마탑이에요. 이건 아르센 대륙 사람 모두가 인정하는 거란 말이에요."

"그래? 그럼 이실리프 마탑 사람에게 물어봤어?"

"아, 아뇨. 그건 아니지만……. 그래도 이실리프 마탑의 마법사님이 누구든 우리 공국을 공격하면 그에 상응하는 무시무시한 대가를 치르게 할 거라는 말씀을 하셨대요. 그러니까……."

현수는 이쯤해서 카트 놀리기는 멈춰야겠다고 생각을 했다.

이때 저만치 앞서가던 기사가 소리친다.

"트롤이다! 트롤이 다가온다! 모두 전투태세를 갖춰라!"

기사의 고함에 사람들의 시선이 쏠린다. 뿐만 아니라 트롤들의 시선 또한 움직였다. 다른 곳으로 가려는 거였는데 기사의 고함 소리가 자극한 것이다.

트롤은 멀지 않은 곳에 싱싱한 먹잇감이 즐비한 것이 마음에 든다는 듯 쾌속하게 다가온다.

한편, 기사와 병사들은 마차 앞에 반원 모양으로 늘어선 채 다가오는 트롤을 형형한 시선으로 바라본다.

그런 그들의 눈에는 공포의 빛이 어려 있다.

기사가 여덟이나 있으니 트롤 한 마리당 넷씩 달라붙으면 된다. 피해는 입겠지만 퇴치는 될 것이다.

그 과정에서 누군가 목숨을 잃을 수도 있다. 그렇기에 잔뜩 긴장한 채 검을 뽑아 들고 있는 것이다.

크르르르릉!

트롤들은 특유의 괴성을 내지르며 쏜살같은 속도로 쇄도했다.

카트는 눈앞의 기사들이 버텨내지 못하면 어쩌나 하는 생각을 했다. 그래서인지 낯빛이 몹시 창백하다.

같은 순간 현수와 라세안은 아주 느긋한 표정이다.

트롤쯤은 자다 일어나서라도 작살낼 실력자이기 때문이다.

"모두 주의해!"

기사들을 통솔하던 선임자의 명에 따라 모든 기사와 병사가 무기를 다잡았다. 그 순간 트롤의 공격이 시작되었다.

크와아아아!

퍼억ㅡ! 파콱ㅡ!

"크윽! 으윽! 캐액!"

두 번의 공격에 기사 셋이 비명을 지르며 쓰러진다. 아무래도 몬스터들과의 대결 경험이 부족한 듯싶다.

크와와와와―!

자신의 공격에 앞을 가로막던 장애물 셋이 쓰러지자 트롤은 신났다는 듯 소리를 내곤 나머지에게 다가선다.

이 순간 현수의 입이 열린다.

"홀드, 홀드!"

"……!"

크와아아아! 크와아!

두 마리 트롤은 갑작스럽게 몸을 움직일 수 없게 되자 소리를 지르며 발버둥 친다.

억압된 자유를 되찾으려는 몸짓이다.

웬만한 마법사의 마법이었다면 잠시 발을 묶는 것으로 끝났을 것이다. 하지만 8서클 마스터의 마법을 어찌 이겨내겠는가!

흉악한 안광과 괴성을 지르기만 할 뿐 발을 떼지 못한다.

"카트!"

"네, 백작님."

"트롤의 피는 포션의 원료라는 거 알지?"

"물론입니다."

"산 채로 받아야 많이 받을 수 있겠지?"

"무, 물론입니다."

카트는 다음에 나올 말이 무엇인지 짐작했다는 듯 부르르 떨며 여전히 흥성을 내지르는 트롤들을 바라본다.

"좋아, 지금부터 그 원료를 받아내라."

"네?"

트롤들은 발만 떼지 못할 뿐 상체는 조금씩 움직이고 있다.

그런데 가까이 다가가 피를 뽑으라는 말같이 들린 때문이다.

CHAPTER 05
마탑주는 10서클

카트가 멈칫거리는 것을 본 현수가 빙그레 웃음 짓는다.

"매직 캔슬! 스테츄! 사일런스!"

홀드가 풀리자 곧바로 흉성을 내지르려던 트롤들은 석고
상이라도 되었다는 듯 눈알만 굴린다. 소리조차 낼 수 없는
상황이 된 것이다.

"이제 받을 수 있겠지?"

"네? 아, 네에."

카트는 흉포하기로 이름난 트롤이 꼼짝도 못하는 모습에
얼이라도 빠진 듯한 표정이다.

"뭐해? 피 안 받아?"

"아, 네에. 바, 받아야죠. 알겠습니다."

얼른 고개를 숙인 카트는 기사들에게 다가가 트롤의 선혈을 받으라는 지시를 내린다.

기사들 역시 불안한 눈빛으로 트롤을 바라보던 중이다. 하지만 어찌 상전의 지시를 어기겠는가!

잔뜩 겁먹은 표정을 지으며 살그머니 다가가선 얼른 트롤의 몸에 단도를 박아 넣는다. 갑작스런 통증에 트롤이 움찔거리자 화들짝 놀라며 물러선다.

그사이에 트롤의 몸으로부터 초록빛 선혈이 뿜어진다.

"어허! 귀한 원료 쏟아지잖아!"

"네? 아, 네, 알겠습니다."

현수의 말에 곁에 있던 기사가 얼른 가죽 주머니로 트롤의 피를 받기 시작했다. 그런 그의 손은 부들부들 떨리고 있다.

살아 있는 트롤의 피를 받아내는 초유의 경험 때문이다.

당장에라도 덮쳐 사지를 찢어발길 수 있는 놈이다.

그런데 금방 상처가 아물어 버린다. 역시 회복 능력 하나는 끝내주는 몬스터답다.

"다시 찌르고 어서 받아. 시간 없으니까."

"네, 네에."

푸욱—! 꿈틀—!

"허억!"

"어허! 또 귀한 원료 쏟는다."

"아, 알겠습니다."

화들짝 놀란 기사가 여전히 두렵다는 표정으로 상처 부위에 가죽 부대를 댄다.

같은 순간 트롤들은 자신의 몸에 상처를 내어 고통을 주는 인간을 찢어발기고 싶은 마음뿐이다.

그런데 소리를 지를 수도, 움직일 수도 없다. 온몸에 힘을 주지만 너무도 단단한 속박이다. 하여 미치고 팔짝 뛰고 싶은 심정이다. 하지만 어쩌겠는가!

8서클 마법사의 마법은 강력하고 질기다.

산 채로 온몸의 피를 빼앗긴 트롤의 눈이 감긴다. 과도한 실혈에 의한 죽음이다. 곁에 있던 녀석 또한 금방 죽었다.

"어때? 산 채로 받으니 양이 늘었나?"

"네, 그, 그럼요. 평상시보다 거의 두 배를 받았습니다."

기사의 대답에 현수는 만족스럽다는 표정을 지었다. 그러는 사이에 병사들이 달려들어 트롤의 가죽을 벗기고 있다.

고기는 먹지 않지만 이빨과 힘줄 등은 비싼 값에 팔리는 물건이다. 그렇기에 모두가 힘을 합쳐 금방 해체해 버린다.

"자, 이제 가지!"

"네, 백작님!"

기사 중 어느 누구도 현수의 말에 토 달지 않고 즉각적으로 움직인다. 출발하기 전 현수가 코리아 제국의 백작이라는 소리를 들었다.

　제국의 백작이니 당연히 받들어 모셔야 할 존재이다.

　그런데 카트로부터 소드 마스터라는 말을 듣고는 화들짝 놀라지 않을 수 없었다. 이제 겨우 25세 정도로 보이는 젊은 이가 그만한 화후에 올랐다니 어찌 놀라지 않겠는가!

　오늘 5서클 이상 마법을 자유자재로 구사하는 추측 불가의 인물이라는 전언을 들었다.

　물론 이번에도 카트로부터 흘러나온 이야기이다. 혹시라도 실수할까 싶어 넌지시 흘린 말이다.

　어찌 감히 기어오를 생각이나 하겠는가!

　존경을 넘어 경외하는 마음이 드니 무슨 말이든 떨어지기만 하면 재깍 알아서 움직이는 것이다.

　"저어, 백작님!"

　마차가 출발하고도 한참 동안 카트는 입술을 깨물거나 제 손을 주물럭거리며 뭔가를 망설였다. 그러다 도저히 참을 수 없다는 듯 입을 연 것이다.

　"왜?"

　"호, 혹시 위대한 존재신가요?"

"나더러 드래곤이냐고 묻는 건가?"

"네? 아, 네에."

카트는 몹시 두렵다는 표정이다.

"왜 그런 생각을 했지?"

"할아버지께서 말씀하시길, 백작님은 소드 마스터의 끝에 계신 분이라 들었습니다. 그런데 마법도 너무 능숙하셔서…… 아르센 대륙사라는 책에 이르기를 마검사는 백 년에 하나 나타나기도 어려운 존재라 되어 있습니다."

"그래서?"

현수는 짐짓 흥미롭다는 표정을 지었다. 이에 카트는 자신이 알고 있는 것들을 늘어놓는다.

"지금껏 나타난 마검사 중 최고는 300년 전 아렌 후작이라는 분이셨습니다. 그분은 소드 익스퍼트 상급이면서 4서클 마법사셨지요."

"그랬나?"

진짜 처음 듣는 이야기이기에 어서 말을 이어보라는 표정을 지었다.

"그, 그런데 백작님은 소드 마스터시면서 5서클 마법사이시니… 혹시……."

카트는 현수의 표정을 살핀다.

"내가 5서클 마법사라고? 누가 그래?"

"아까 시전하신 마법 타임 딜레이와 타임 패스트 마법은 모두 5서클 마법이잖아요. 그러니……."

"잠깐!"

말을 끊은 현수가 마차의 창문을 내린다.

밖에는 근엄한 표정으로 마차를 수행하는 라세안이 있다. 마치 근접 경호라는 듯한 모습이다.

"어이, 라세안!"

"네, 영주님! 부르셨습니까?"

타인의 시선이 있고, 이번 유희가 재미있을 것이란 판단을 하였기에 라세안은 즉각 대답을 한다.

"그래, 여기 있는 이 친구가 나더러 5서클 마법사라고 하는데 자네도 동의하나?"

"……!"

라세안은 대답 대신 카트를 바라본다. 어이없다는 눈빛이다.

이에 카트는 배고픈 새끼 새가 어미 새를 바라보듯 진실을 말해달라는 애원의 눈빛을 보낸다.

"동의하냐고 물었네."

"이실리프 마탑의 마탑주이신 영주님께서 어찌 하찮은 5서클 마법사이시겠습니까?"

라세안의 말이 이어지는 동안 카트의 눈은 더 이상 커질 수 없을 정도로 크게 떠진다.

물론 이실리프 마탑의 마탑주라는 말 때문이다.

"네? 네에? 뭐라고요? 바, 방금 뭐라 하셨어요?"

대답 대신 라세안이 이은 말은 카트의 뇌리를 강타한다.

"그건 10서클 마법사인 영주님을 모독하는 말이지요."

"헉! 네에? 시, 십 서클이요?"

카트는 숨도 쉬지 못하는 모양이다.

"카트린느 양, 당장 용서를 구하는 게 좋을 겁니다."

"허억!"

카트는 아무런 행동도 하지 못한 채 멍한 시선으로 현수를
바라볼 뿐이다.

어찌 보면 용서를 청할 마음이 없는 듯한 모습이다.

"영주님, 방금 전 카트린느 양은 감히 이실리프 마탑의 탑
주이신 영주님을 모독했습니다. 마탑 규정에 의하면 이에
대한 처벌은 삼족 몰살 및 전 재산 압수입니다. 시행토록 할
까요?"

라세안의 과장된 말에 카트는 혼백이 일시에 흩어지는 아
득한 느낌을 받았다. 그리고 그와 동시에 저도 모르게 앉았던
의자에서 내려와 무릎을 털썩 꿇는다.

"아아, 위대하신 마탑주님! 저, 저의 잘못을 부디 용서하여
주시기를 바랍니다."

[에구, 정체를 밝히는 것은 괜찮지만 10서클이라니? 너무 뻥이 센 거 아닌가?]

[무슨 말을……. 10서클을 맞으면서…….]

라세안은 현수가 자신에게까지 정체를 밝히지 않으려 한다 생각하고는 살짝 삐친 듯 시선을 돌린다.

이때 현수는 피식 실소를 지었다. 라세안이 분위기를 과도하게 맞춰주려 한다는 느낌을 받은 때문이다.

그리고 앞에 부복하듯 엎드린 카트의 하의가 점점 젖고 있음을 본 때문이다. 과도한 두려움이 빚어낸 생리현상이다.

하지만 마차 바닥을 들여다볼 수 없는 라세안은 현수의 이 표정을 들켰다는 것으로 받아들였다.

[자아! 이제 이실리프 마탑의 탑주가 아드리안 공국에 발을 들여놓았다는 소문이 번지겠군. 안 그래?]

[그러라고 짠 거잖아. 근데 뻥이 세서 애들이 믿을까 몰라.]

[뻥은 무슨…….]

라세안은 말끝을 흐렸다. 같은 편 하기로 해놓고 슬쩍 발을 빼려는 느낌을 받은 모양이다.

점심을 먹고 마차에 오르기 전 현수와 라세안은 가벼운 산책을 했다. 이때 이실리프 마탑주가 아드리안 공국에 발을 들여놓았음이 세상에 알려지게 해야 한다는 말을 했었다.

문제는 현수 본인의 입으로 '내가 이실리프 마탑주요' 라는 말을 꺼내기가 남세스럽다는 것이다.

하여 자연스레 이런 상황이 만들어지도록 이야기되었다.

하지만 10서클이라는 말은 입도 뻥긋하지 않았다. 그냥 마탑주라는 사실만 말하기로 한 것이다.

그런데 라세안이 판을 키워놓았고, 카트는 겁에 질려 소변까지 지린 것이다.

"마, 마탑주님, 제, 제발 저를 용서해 주십시오. 흐흑!"

아드리안 공국에 있어 이실리프 마탑은 단순히 마법사들의 집합체라는 의미가 아니다. 공국을 수호하는 마지막 보루, 또는 수호신이라는 의미가 더 크다.

초대 마탑주가 건국의 시조라는 건 코흘리개 어린애도 아는 사실이다. 당연히 모든 귀족은 물론이고 공왕까지 허리 숙여 영접해야 할 최고통수권자이다.

후임 마탑주는 공왕과 동급이다.

마탑주가 나타나면 공왕은 자리에서 일어나 영접해야 하며 마탑주와 같은 각도로 고개를 숙여야 한다.

이는 아드리안 공국 국법서에 기록되어 있다. 건국 시조의 직계 제자에 대한 예의와 관련된 조항에 쓰여 있다.

공왕의 권한 가운데에는 귀족의 임명권과 해지권이 있다.

나라를 위한 공이 있는 자에게 공 후 백 자 남작 및 준남작까지 훈작할 수 있고, 죄지은 자는 언제든 작위를 해제할 권리가 있다는 뜻이다.

또한 공국에 속한 모든 백성의 생살여탈권도 있다. 합리적인 명분만 있으면 누구든 목숨을 빼앗을 수 있다는 것이다.

이실리프 마탑주는 공왕과 같은 권한을 가졌기에 귀족가의 삼족 몰살을 명할 수 있는 위치에 있다. 그런데 그 무시무시한 말을 들었으니 겁이 나도 단단히 난 것이다.

자신의 실수로 레더포드 백작은 물론이고 아버지와 어머니, 그리고 동생들마저 목숨을 잃게 생겼다.

하여 자기도 모르게 소변을 지리고 만 것이다. 하지만 덜덜 떨고 있는 카트는 본인이 어떤 실례를 하는지조차 알지 못하고 있다. 극도의 공포가 빚어낸 결과이다.

남장을 한 카트의 하의가 모두 젖었다. 그것으로 부족하였는지 노란 물줄기가 현수 쪽으로 흘러나온다.

'짜식, 너무 겁을 줘서 얘가 이러잖아. 에구! 이를 어째.'

현수는 살짝 라세안을 째려보고는 창문을 닫았다.

"워싱! 클린!"

"······?"

갑작스레 온몸을 휘감는 물기에 화들짝 놀란 카트는 고개를 들려다 자신이 저질러 놓은 일을 보게 되었다.

"어머!"

"이베포레이션!"

증발 마법이 구현되자 천천히 흘러가던 노란 물줄기가 스르르 사라진다. 대신 진한 지린내가 난다.

"끄응! 에어 퓨리파잉!"

"……!"

카트는 쥐구멍이라도 있으면 들어가고 싶은 심정이 되었다. 다 큰 처녀가 외간남자 앞에서 오줌을 싼 현장을 들켰으니 왜 안 그렇겠는가!

"카트린느 양!"

"네? 아, 네에."

현수의 부름에 무심코 대답했던 카트가 얼른 고개를 숙인다. 너무도 부끄럽고 창피한 때문이다.

"기사에게 명해 왕궁에 본인이 왔음을 알리도록 해."

"네? 아, 네에. 아, 알겠습니다."

와당탕—!

카트가 허겁지겁 밖으로 향하자 현수는 피식 웃음 지었다.

"흐홈, 이거 무슨 냄새지?"

라세안이 코를 벌름거린다.

"글쎄? 무슨 냄새라도 나나?"

"그래. 흐음! 지린내 같기도 하고 아닌 것 같기도 하고."

"앞으로 기사단장 노릇 잘해. 알았지?"

"그래, 걱정 말게. 근데 저 앞의 저건……? 냄새나는 오크들이군. 이럇! 저건 내가 처리하지."

라세안이 행렬의 선두로 나아갈 때 기사들은 카트의 부름을 받고 모여들던 상황이다. 따라서 앞에서 다가오는 오크 무리를 발견하지 못하고 있었다.

반면 기사들이 비운 자리를 채우기 위해 앞으로 나가던 병사들은 대략 300여 마리에 달하는 오크 무리를 보고 소리를 지르려 했다.

이때 앞으로 치고 나간 라세안이 손을 들어 이목을 모은다.

"괜찮다. 저 정도면 나 혼자서 처리할 수 있으니 소리치지 마라."

"네? 호, 혼자서요? 오크가 삼백여 마리나 되는뎁쇼?"

"그래. 그러니 여기서 보고만 있어라."

"……!"

병사들은 라세안이 미쳤다고 여겼다.

백작 영지의 기사단장이라고는 하지만 혼자서 오크 삼백여 마리를 상대한다는 것은 불가능에 가깝기 때문이다. 하여 어이없다는 표정으로 라세안의 뒷모습을 보고만 있다. 그러거나 말거나 라세안은 뚜벅뚜벅 오크 무리를 향해 걸어갔다.

오크들은 다가서는 먹잇감을 노려보며 일제히 침을 흘린다. 라세안이 모든 기운을 감추었기에 드래곤인지 모르는 것이다.

"취익! 인간이다. 취익! 내가 먹는다."

"취익! 나도 배가 고파. 내가 먼저 먹는다. 취익!"

"취익! 아니다. 내가 먹는다. 취익!"

오크들은 일제히 흥성을 내며 라세안을 향해 모여들었다.

"취익! 내가 제일 먼저닷! 취익!"

오크 중 하나가 달려들자 나머지도 일제히 몰려든다. 어렵게 찾은 먹이를 다른 놈에게 빼앗길 수 없다는 본능 때문이다.

지이이이잉—!

라세안이 뽑아 든 바스타드 소드에서 뿜어지는 새파란 검강을 본 병사들의 눈이 일제히 커진다.

"헉! 저, 저건……."

"호, 혹시 검강? 그, 그렇다면 저 사람이, 아니, 저분이 소드 마스터?"

"헉! 마, 말도 안 돼. 아직 서른도 안 되어 보이는데 그 나이에 소드 마스터라니."

병사들이 술렁이는 순간 라세안이 기합을 내지른다.

"야아압!"

쒜에에에에에엑!

픽! 팍! 뻐걱! 파삭! 퍼억! 서걱! 빠빡! 퍼억!

"캑! 끄악! 크억! 아악! 캑! 커컥! 크윽! 크억!"

라세안을 향해 몰려들었던 오크들의 선두가 일제히 쓰러진다. 하나같이 신체가 절단되었기에 초록색 피가 사방으로 흩어진다. 하지만 라세안의 의복은 멀쩡하다.

실드 마법이 구현되어 있는 상태이기 때문이다.

뒤에서 쫓아오던 오크들은 앞의 상황을 보지 못했다. 너무나 빨랐고 느닷없었기 때문이다.

하여 먹이를 향해 밀물처럼 접근한다.

"야아압!"

쉐에에에에에엑!

퍽! 팍! 뼈걸! 파삭! 퍼억! 서걱! 빠빡! 퍼억!

"캑! 끄악! 크억! 아악! 캑! 커컥! 크윽! 크억!"

두 번이나 똑같은 상황이 벌어졌다. 그제야 감당할 수 없는 상대를 만났다는 것을 알아차린 오크들이 일제히 물러선다.

하지만 라세안은 놈들이 도망가게 내버려 둘 생각이 없다.

"야아압!"

쉐에에에에에엑!

퍽! 팍! 뼈걸! 파삭! 퍼억! 서걱! 빠빡! 퍼억!

"캑! 끄악! 크억! 아악! 캑! 커컥! 크윽! 크억!"

기합을 내지르며 섬전처럼 쏘아져 가며 검을 휘두르자 오크들이 썩은 짚단처럼 우수수 쓰러진다. 그와 동시에 초록빛 선혈이 사방으로 비산한다.

한편, 병사들은 멍한 시선으로 바라만 보고 있을 뿐이다.

눈앞에서 벌어지는 말도 안 되는 학살 현장이 현실적으로 느껴지지 않은 때문이다.

그런 그들의 뇌리로는 아무런 상념도 스치지 않는다.

자신들로서는 단 한 마리도 감당할 수 없을 오크들이 우수수 쓰러지는 모습을 어찌 맨정신에 감당해 내겠는가!

"헉! 소, 소드 마스터다!"

카트의 긴급 소집에 몰려들었던 기사 가운데 하나가 뒤늦게 전방을 바라보고 비명에 가까운 고함을 지른다.

그와 동시에 모든 기사의 시선이 움직였다.

"헉! 지, 진짜, 진짜 소드 마스터다."

"세상에, 맙소사!"

"소드 마스터였다니……."

기사들마다 한마디씩 한다. 그중 하나의 안색이 창백하다.

라세안이 늘 마차 곁에만 있는 게 눈에 걸려 뭐라고 한마디 하려고 단단히 벼르던 기사이다.

자신들은 늘 사방팔방을 살피는데 혼자서 느긋하게 따르는 모습이 마음에 들지 않았던 것이다.

라세안이 300여 오크를 처리하는 데 걸린 시간은 불과 5분이다. 그러는 동안 카트 역시 멍한 표정으로 보고만 있었다.

하인스 백작이 소드 마스터인 것은 알았지만 기사단장인

라세안 역시 소드 마스터일 것이라곤 생각지 못한 때문이다.

"세상에, 맙소사! 소드 마스터 마검사가 둘이라니."

"네? 그게 무슨 말씀이십니까?"

카트의 중얼거림을 들은 기사의 반문이다.

"참, 바이런 경!"

"네, 아가씨. 아니, 공자님!"

"지금 즉시 다른 기사들과 함께 왕성으로 출발하세요."

"네? 그럼 아가씨, 아니, 공자님의 호위는 누가? 병사들만
으론 부족합니다."

"방금 전에 보지 못했어요? 저분은 소드 마스터입니다."

"아······!"

기사 바이런은 깜박 잊었다는 듯 제 손으로 이마를 친다.

"그런데 왜 저희만 먼저 수도로 가야 합니까?"

"가서 국왕 전하께 전하세요. 이실리프 마탑의 마탑주님이
수도로 가시는 중이라고."

"네에? 이, 이실리프 마탑의 탑주님이요? 갑자기 그건 왜?
그리고 마탑주님은 어디에 계시는데요?"

"하, 하인스 백작님이··· 백작님이 바로 마탑주님이세요.
소드 마스터이시고 10서클 마법사라고 해요."

"헉! 네에?"

바이런을 비롯한 기사 전부 눈을 크게 뜬다. 이때 라세안이

일부러 들으라는 듯 큰 소리로 마법을 영창한다.

"마나여, 모든 것을 불태우라! 헬 파이어!"

쉐에에에엑! 화르르르르르!

캐액! 끄윽! 크아아악! 캐액!

목숨이 끊어지지 않았던 오크들이 일제히 비명을 지른다.
같은 순간 카트의 눈은 흰자가 검은자보다 월등히 많아진다.

"세, 세상에! 헤, 헬 파이어? 저건 8서클 마법인데."

시뻘건 화염이 죽어 자빠진 300여 오크의 사체를 불사르는
모습을 본 카트는 턱이 빠질 정도로 입을 크게 벌렸다.

대륙의 어떤 마법사도 감히 시전할 생각조차 못하는 8서클
마법 헬 파이어를 목도한 때문이다.

미판테 왕국와 아드리안 공국은 현재 전쟁 중이다. 그렇기
에 케발로 영지에서 벌어졌던 일이 전해지지 않은 상황이다.

다시 말해 대륙에 헬 파이어 마법을 시전할 수 있는 대마법
사가 출현한 것이 소문나 있지 않다.

이러니 어찌 넋이 나간 표정을 짓지 않겠는가!

이것은 다른 기사나 병사들도 마찬가지이다. 모두 눈을 부
릅뜬 채 당당한 라세안의 뒷모습을 보고 있다.

털썩─!

누군가 다리의 힘이 빠졌는지 무릎을 꿇은 채 주저앉는다.

이런 현상은 곳곳에서 벌어진다.

털썩, 털썩, 털썩!

자기도 모르게 무릎을 꿇으며 망연자실한 표정을 짓는 병사와 기사들의 수효가 무려 50이 넘는다.

나머진 간신히 버티는 중이다.

"마탑주님, 하명하신 대로 오크들을 처리했습니다."

"수고했네."

라세안이 절도 있게 고개 숙이며 보고하자 마차 안의 현수가 대수롭지 않은 일이라는 듯 대꾸한다. 그리곤 시선을 돌려 카트린느를 바라본다.

"카트린느 양."

"네, 마탑주님!"

"내가 나타났다는 걸 왕성에 보고하라는데 왜 아무도 출발하지 않지?"

"가, 갑니다. 다, 당장 보낼 겁니다, 마탑주님!"

당황한 듯 말을 더듬는 카트의 시선을 받은 기사들은 일제히 마차를 향해 군례를 올린다.

"충! 저희가 보고하겠습니다, 마탑주님!"

"좋아, 수고들 해주게."

"네, 전력을 다해 질주하겠습니다."

말을 마친 기사들이 일제히 말에 올라탄다.

"이럇! 이럇!"

두두두두두두두! 두두두두두!

뽀얀 먼지를 일으키며 전방을 향해 질주하는 모습을 지켜보던 카트가 정신을 차리려는 듯 고개를 흔든다.

"마, 마탑주님, 이제부턴 제, 제가 모시겠습니다."

말을 마친 카트가 마부석으로 오르려 한다.

"아냐. 그럴 필요 없으니 그냥 이리 와."

"제, 제가 어찌 감히 위대하신 마탑주님과 동석을 하겠습니까? 그냥 마부석에 오르겠습니다."

"백작의 영애를 마부석에 앉게 하는 건 예의가 아니지. 그냥 이쪽으로 오르게. 이건 명령이네."

"헉! 네에, 알겠습니다."

현수가 카트린느를 마차 안으로 불러들이려는 것은 아드리안 공국 내부의 상황을 알아보기 위함이다.

"자, 이제 출발하지. 이제부턴 라세안 자네가 병사들을 지휘하게."

"네, 마탑주님. 병사들은 모두 들어라! 이제부터 너희는 마차의 뒤만 따라오도록!"

"네, 알겠습니다."

모든 병사가 절도있는 모습으로 군례를 올린다.

이제부터 자신들의 임무는 따르면서 허드렛일이나 하는 것이다. 8서클 마법사이자 소드 마스터인 라세안만 있으면

어떤 몬스터가 덤빈다 하더라도 모두 격퇴할 수 있기 때문
이다.

"마부는 나이젤 산맥을 관통하는 길로 가도록 하라."

"네, 알겠습니다."

지금껏 부르르 떨고만 있던 마부가 얼른 고개를 숙인다.

"카트린느 양."

"네, 마탑주님."

카트는 남장을 한 자신의 정체가 드러났다는 것도 모른다
는 듯 얼른 고개를 조아린다.

"아드리안 공국에 대해 말해주게."

"네?"

"현재의 실권자가 누구이며 귀족들이 어떤지에 대해 말하
라는 뜻이네."

"아, 네에. 저희 아드리안 공국은 아민 멘데스 폰 아드리안
공왕 전하께서 이끌고 계십니다."

"흠, 그리고? 공작이 둘 있는 걸로 아는데?"

"네, 필립스 공작님과 로레알 공작님이 계십니다. 필립스
공작님은 무(武)로, 로레알 공작님은 문(文)으로 유명하시죠."

"국왕파와 귀족파로 나뉘어 있지는 않고?"

"로레알 공작님은 국왕파이고 필립스 공작님은 귀족파를

이끌고 계십니다."

"레더포드 아물린 반 피리안 백작은 어디에 속하지?"

"하, 할아버지는 중립이십니다. 중앙과 관련 없이 오로지 국경 수비에만 몰두하기에도 바쁘다면서 누구의 손도 잡지 않으셨습니다."

카트린느는 몹시 조심스런 어투로 대답한다. 현수의 심중을 모르니 혹여 눈 밖에 날까 싶어서 그러는 것이다.

"흐음, 그래? 그럼 귀족파와 국왕파에 대해 더 설명해 보게."

"네, 로레알 공작님이 이끄시는 국왕파엔⋯⋯."

카트린느의 설명이 이어진다. 본인은 미처 느끼지 못하고 있지만 확연한 여자의 음성이다.

아드리안 공국은 현재 전쟁 중이기에 모든 정쟁이 멈춰 있는 상태이다. 그전에는 국왕파와 귀족파, 그리고 중도를 표방하는 세 개의 그룹으로 나뉘어 첨예한 대립각을 세우고 있었다.

그러다 미스릴 광산이 발견되었다. 문제는 광산의 위치이다.

CHAPTER 06
아드리안 공국의 현재

　얼마 전 아드리안 공국에선 반역 사건이 있었다.

　백작 하나와 자작 셋, 그리고 남작 넷이 엮인 모반 사건
이다.

　관련된 귀족들은 모두 참수형에 처해졌다. 작위는 폐위되
었고, 모든 재산은 몰수되었다.

　가족들은 전부 노예가 되어 타국으로 팔려 나갔다.

　모반과 관련된 영지엔 중앙에서 행정관을 파견했다.

　재산 상태를 파악하고 혐의있는 자들을 잡아들이기 위함
이다.

그러던 중 반역을 도모했던 자작 중 하나의 영지에서 미스릴 광산이 개발되고 있었음을 알게 되었다.

미스릴은 전략 물자이다. 그렇기에 지체없이 보고되었다.

문제는 그 영지의 위치이다. 로레알 공작과 필립스 공작 영지 중간에 위치한 곳이다.

폐위된 자작의 영지는 두 공작 중 하나에게 주어지는 것으로 일찌감치 결정되어 있었다.

그럼에도 주인이 정해지지 않은 것은 계륵(鷄肋)과 같기 때문이다.

자작의 영지는 넓은 편이다.

그런데 공국의 세제는 영지민의 숫자와 영지의 면적이 합산되어 계산하도록 되어 있다.

영지민의 숫자도 제법 되기에 상당히 많은 금액을 세금으로 납부해야 하는 영지이다.

문제는 이 영지의 농토가 타 영지에 비해 확연히 적다는 것이다.

그리고 늘 몬스터의 내습에 대비를 해야 하는 곳이다.

그렇기에 로레알 공작과 필립스 공작은 서로 상대의 영지가 되어야 한다고 주장했다.

가져봐야 득 될 것 없다 판단한 것이다.

그러던 중 미스릴 광산이 개발되고 있음이 보고되자 상황은 급반전되었다.

이번엔 서로 갖겠다고 난리를 피운 것이다.

국왕파와 귀족파로 갈려 있던 상황인지라 여타 귀족들까지 가세하여 한참 시끄러웠다. 미스릴 광산을 갖는 쪽의 힘이 더 우세해질 것이기 때문이다.

그러다 삼국연합의 공격이 시작되었다. 그제야 정신을 차리고 방어에 나섰다.

하지만 워낙 병력 수가 적었기에 아드리안 공국군은 형편없이 밀렸다.

그 상태로 한 달만 더 두었다면 아드리안 공국은 역사 속으로 사라졌을 것이다.

3만의 병사로 30만이 넘는 삼국연합군을 상대할 수는 없기 때문이다.

세 나라가 아드리안 공국의 영토를 나눠 갖고 미스릴 광산은 공동 소유가 될 상황이다.

그런데 느닷없이 이실리프 마탑이 출현하였다.

소문의 근원은 알베제 마을이다.

테리안 왕국에서 번지기 시작한 소문은 일파만파가 되어 대륙 전체로 번졌다.

전설처럼 전해졌기에 이실리프 마탑은 존재 자체가 의문점이다.

그런데 하필이면 아드리안 공국이 위기에 처했을 때 몇 백 년 만에 처음으로 세상에 모습을 드러냈다.

이를 확인하려는 마법사 및 귀족들의 발길로 알베제 마을은 엄청 북적였다.

그곳엔 길들여진 샤벨타이거가 있었다.

워낙 흉포한 맹수인지라 6서클, 또는 7서클 마법사들은 감히 길들여 볼 생각조차 못하는 녀석이다.

그런데 얌전한 강아지처럼 군다.

삼국연합의 수뇌부는 조심스럽게 철군을 명령했다. 하지만 완전히 물러난 것은 아니다.

혹시 몰라 아드리안 공국의 경계 밖에 머물고 있다.

이실리프 마탑에 관한 소문이 사실이 아닌 것으로 밝혀지면 곧장 진격하기 위함이다.

아드리안 공국으로선 답답할 노릇이다. 외국과의 교역은 거의 모두 끊겼다. 자급자족을 하기엔 부족한 것이 너무나 많다.

북쪽의 카이엔 제국은 라이서 제국과의 전쟁으로 아드리안 공국의 어려움을 헤아릴 여력이 없는 상황이다.

라이서 제국 남쪽에 위치한 크로완 제국이 본격적으로 전쟁에 참여한 때문이다.

바다 건너 동쪽에 제라스 왕국이 있기는 하다. 하지만 바다를 건너려면 해적을 물리쳐야 한다.

바다에서의 전투에 특화된 이들을 상대하기엔 아드리안 공국의 무력은 너무도 약하다.

그렇기에 고립무원인 상태나 마찬가지이다.

그럼에도 눈에 보이지 않는 암투가 진행 중이다.

국왕파와 귀족파의 암투는 수백 년을 이어온 내전의 도화선이기 때문이다.

이런 아드리안 공국의 왕궁은 지금 몹시 소란스럽다.

케발로 영지에서 있었던 헬 파이어 마법에 관한 소문이 이제야 전해진 때문이다.

"공왕 전하, 그건 분명 이실리프 마탑에서 오신 분일 겁니다. 이제 우리 공국의 위기는 해결된 셈입니다."

"그러하옵니다. 이실리프 마탑의 마법사는 9서클 마스터인 것으로 알려지옵니다. 따라서 삼국연합은 '에구, 뜨거라!' 하며 물러날 것이옵니다. 감축드립니다."

로레알 공작과 필립스 공작을 위시한 귀족들의 얼굴엔 미소가 어려 있다.

지금껏 전전긍긍하던 것과는 사뭇 다르다.

삼국연합에 의해 나라를 빼앗기면 작위는 자동적으로 사라진다.

뿐만 아니라 모든 재산은 몰수당할 것이며 재수 없으면 목숨을 잃거나 노예로 전락하게 된다.

하여 상당히 많은 귀족이 은밀히 재산을 처분하였다.

영지를 가져갈 수 없으니 금은보화만 들고 상국이라 할 수 있는 카이엔 제국으로 도주하려는 것이다.

발 빠르게 도주한 귀족의 수효만 벌써 이십여 명이다. 백작 둘, 자작 열여섯, 그리고 남작이 넷이다.

모두 북부에 머물던 영주들이다.

아드리안 공국을 침몰하는 배로 여긴 자들이다.

아무튼 미판테 왕국 케발로 영지에서 일어난 일이지만 아 드리안 공국의 궁전은 시끄럽다. 누가 먼저 이실리프 마탑 과의 친분을 쌓느냐에 따라 향후 정국이 달라질 것이기 때 문이다.

국왕파인 로레알 공작은 적대 세력의 수장인 필립스 공작 을 슬쩍 바라보며 말을 잇는다.

"공왕 전하, 헥사곤 오브 이실리프를 점검하셔야 할 것이 옵니다."

"아! 맞다. 로레알 공작, 좋은 지적을 해주었소. 현재 헥사 곤 오브 이실리프의 상황은 어떠하오?"

"소신이 알아본 바에 의하면 올해가 새로운 인물로 교체되 는 해이옵니다. 현재 헥사곤 오브 이실리프에 머무는 여인들 의 나이가 과년한지라……."

로레알 공작의 말은 이어지지 못했다. 필립스 공작이 가로채고 들어온 때문이다.

"소신 또한 그에 대해 알아본 바에 의하면 여섯 여인 중 넷이 교체 대상이옵니다."

"호오, 그래요? 그렇다면 마탑주께서 오기 전에 얼른 교체를 해야겠구려."

"그렇사옵니다. 그러니 전통대로 왕후 마마로 하여금 선발하시도록 하여야 함이 마땅하옵니다."

참고로 아민 멘데스 폰 아드리안 공왕의 제1왕후는 로레알 공작의 장녀이다. 그리고 제2왕후는 필립스 공작의 차녀이다.

로레알 공작의 말이 끝나기 무섭게 필립스 공작이 말도 안된다는 듯 고개를 흔들며 입을 연다.

"공왕 전하, 로레알 공작이 언급한 것이 전통이기는 합니다. 하오나 이전의 선발권은 이실리프 마탑주께서 언제 오실지 모를 때의 일이옵니다. 하지만 지금은 다릅니다. 마탑주가 출현하셨으니 공정을 기하기 위해 제2왕후 마마 또한 선발에 참여토록 함이 마땅할 것으로 여겨집니다."

"흐음, 그래요?"

공왕은 심히 염려스럽다는 듯 이맛살을 찌푸렸다.

제1왕후와 제2왕후가 견원지간이라는 건 온 국민이 아는 일이다. 바로 곁에 있는 공왕이 어찌 모르겠는가!

왕후들의 소생인 제1왕자와 제2왕자의 사이 또한 다르지 않다.

석 달 차이로 출생한 왕자들은 서로를 사갈시한다.

아무튼 지극히 사이가 좋지 않은 왕후들로 하여금 선발권을 주었을 경우 문제가 발생될 것이다. 서로 자신이 추천하는 인물이 낙점되어야 한다며 이전투구(泥田鬪狗)할 것이 뻔하다.

이쯤해서 탕평책을 내놓지 않으면 이실리프 마탑주에게 좋지 않은 모습을 보이게 될 것이다.

공왕이 이런 생각을 할 때 로레알 공작과 필립스 공작을 위시한 국왕파와 귀족파들은 서로를 째려보며 일촉즉발의 분위기를 조성하고 있었다.

위기를 넘긴다 싶으니 다시 대결 구도로 되돌아간 것이다.

잠시 상념에 잠겨 있다 눈을 뜬 공왕은 나직이 혀를 찼다.

'이런 사람들을 귀족이라고 데리고 있어야 하다니. 쯧쯧쯧! 갈아치울 수만 있다면 모조리 내다버리고 새로운 인물로 채우고 싶건만……'

아민 멘데스 폰 아드리안 공왕은 부친으로부터 왕위를 물려받고 의욕적으로 추진하는 일들이 있다.

하나는 왕립 아카데미이다.

이전엔 그곳이 어찌 운영되는지에 대해 관심이 없었다.

하지만 공왕에 취임하고 얼마 지나지 않아 아카데미를 찾았다.

이전엔 왕위 다툼을 하느라 여념이 없었지만 취임하고 보니 귀족들이 하는 짓거리가 구역질나올 정도였기 때문이다.

아민 공왕은 아카데미에서 여러 인재를 발굴해 냈다. 그들은 현재 말단이기는 하지만 행정관으로 재직 중이다.

장차 요직으로 옮겨가면서 상층부의 썩은 무리를 밀어낼 소중한 자원이다.

다음은 왕립 기사양성소를 방문했다. 공국의 무력을 책임질 인재들이 길러지는 곳이다.

귀족가는 나름대로 후손들에 대한 훈육을 하기에 기사양성소엔 주로 평민 출신이 많았다.

공왕은 빠른 성취를 보이면서도 인간성이 올곧은 몇몇을 눈여겨보았다.

그들을 졸업과 동시에 변경으로 보내졌다.

그들을 지휘하는 자는 국왕파도 아니고 귀족파도 아닌 중립파이다.

그래야 별말이 없기 때문이다.

임지를 배정받고 떠나기 전날 새로 서임된 기사들은 은밀한 쪽지 하나씩을 받았다.

그 내용이 뭔지는 공왕과 기사들만 알 일이다. 그리고 그 쪽지는 읽자마자 불태워졌다.

아무튼 아민 공왕은 신물 나는 귀족들의 세력 다툼을 불식시키려 애쓰는 중이다.

"헥사곤 오브 이실리프는 마탑주를 위한 배려입니다. 하여 두 공작의 의견대로 왕후들로 하여금 인원 교체를 하도록 할 것입니다. 이제 그분의 행적에 대한 보고를 해주십시오."

"네? 그걸 어찌……."

로레알 공작이 머뭇거리자 공왕은 시선을 돌린다.

"필립스 공작께서도 그분의 행적을 모른다는 말씀이시오?"

"그분께서 케발로 영지를 떠난 것만 알 뿐 그 이상의 행적은 아직 보고된 바가 없습니다. 지금 최선을 다해 수소문 중이니 조만간 그분에 대한 보고를 드릴 수 있을 겁니다."

대답은 그럴듯했지만 실상은 아는 게 없다는 뜻이다.

"흐으음!"

공왕은 이맛살을 잔뜩 찌푸렸다. 그렇게 시간이 흘렀다. 대전은 숨소리조차 나지 않을 정도로 고요해졌다.

공왕의 심기가 몹시 불편하므로 여기서 잘못 보이면 불호령이 내려질 것이 뻔하기 때문이다.

"지금부터 공국의 모든 행정력과 인원을 동원해서라도 마탑주의 행적을 알아보도록 하시오."

"네, 전하!"

귀족들이 일제히 고개를 숙인다. 하지만 각자의 속내는 조금씩 다르다.

* * *

"흐음, 이곳이 그 마을인가?"

"네, 마탑주님. 여기가 마레로 마을입니다. 오늘은 이곳에서 쉬고 내일 아침에 출발하는 것으로 하면 어떻겠습니까?"

"아직 대낮인데?"

현수의 물음에 카트린느는 얼른 고개를 조아린다.

"나이젤 산맥을 벗어나기 전까지는 마을이 하나도 없는 것으로 알고 있습니다. 그러니 이곳에서 충분히 쉬었다 가심이 좋지 않을까 생각됩니다."

"흐음, 그래? 그럼 그러지."

아드리안 공국 왕실에 이실리프 마탑주의 출현이 보고되려면 시간이 걸릴 것이다. 그렇기에 이곳에서 잠시 쉬는 것도 괜찮다 싶어 고개를 끄덕였다.

이에 카트린느는 극고의 공경심을 담아 고개를 조아린다.

"네, 저는 길잡이를 알아보도록 하겠습니다."

"그래. 그리고 저기 저 병사들은 전부 되돌려 보내."

"네? 그게 무슨 말씀이신지……?"

"나이젤 산맥엔 몬스터들이 많다며? 가는 동안 괜한 희생이 발생될 수 있으니 모두 피리안 영지로 되돌려 보내."

"아! 알겠습니다.

하인스 백작과 라세안 모두 소드 마스터이면서 8서클 이상인 마도사이다.

따라서 병사들이 거치적거릴 것이다.

"용병들은 따로 고용하지 않아도 된다는 거 알지?"

"무, 물론입니다. 길잡이 하나만 고용토록 하겠습니다."

"마부도 보내. 길잡이가 마부 노릇을 겸하면 되니까."

"네, 그리하도록 조치하겠습니다."

카트린느가 고개를 조아린 채 뒷걸음으로 물러가는 모습을 본 라세안이 은근한 시선을 보낸다.

"왜? 가는 동안 재하고 섬씽이라도 만들어보려고?"

남장을 벗고 여장을 한 카트린느는 매우 아름다운 숙녀였다.

하여 라세안은 몇 번이나 입맛을 다셨다.

그러면서 자식을 낳아줄 모체로 삼았으면 좋겠다는 말을 여러 번 했다. 들어갈 곳은 들어가고 나올 곳은 확실하게 나와 있다. 마법뿐만 아니라 틈틈이 체력 단련까지 한 결과이다.

얼굴 또한 아름다웠기에 라세안은 자주 시선을 보내곤 했다.

현수는 그때마다 꿈도 꾸지 말라고 대꾸했다.

인간이 드래곤의 새끼나 낳아주는 노리개가 되는 걸 볼 수 없었기 때문이다.

카트린느가 나간 후 둘은 마레로 마을 여기저기를 둘러보았다. 전형적인 산골 마을이다.

다른 곳과 다른 점이 있었다면 곳곳에 길잡이 역할을 할 수 있다는 간판 비슷한 것이 달려 있다는 것이다.

그리 크지 않은 마을이기에 다 둘러보는 데 걸린 시간은 불과 10여 분이다.

하나밖에 없는 주점으로 돌아온 둘은 가볍게 술 한잔을 걸쳤다.

카트린느는 가장 유능한 길잡이를 고른다면서 동분서주하는 모습이다.

그러거나 말거나 느긋한 시간을 보냈다.

밤이 이슥해지자 현수는 자신의 방으로 들어갔다.

"흐음, 무구들이 얼마나 만들어졌을까? 한번 가봐야겠군. 마나여, 나를 이동시켜 줘. 텔레포트!"

샤르르르르릉—!

현수의 신형이 당도한 곳은 빌모아 일족이 사는 라수스 협곡이다.

이제야 아드리안 공국에 발을 들여놓았다.

스승의 부탁이니 당연히 보호해 줘야 한다. 그리고 이실리프 마탑의 명성을 드높여야 한다.

드워프가 제작한 무구라면 충분히 역할을 할 것이다. 그렇기에 이곳을 방문한 것이다.

쿵, 쿵, 쿵—!

"누구슈?"

"하인스입니다."

"아이코, 우리 귀빈, 어서 오슈!"

전에 준 재봉틀 기름 덕분인지 문이 열림에도 일체의 소음이 들리지 않는다.

"그간 안녕하셨지요?"

"그럼, 그럼! 덕분에 우리 일족의 성세가 엄청 커졌네."

"네? 성세가 커지다뇨?"

"자세한 내용은 족장님께 듣게. 그나저나 통행세는 잊지 않았지?"

은근한 눈길을 보내기에 현수는 얼른 맥주 여섯 캔을 건넸다.

"이것 말씀이신가요?"

"크크! 역시 귀빈은 달라. 자아, 안으로 쭈욱 들어가시게."

"하하, 네에."

입구를 지나쳐 안으로 들어가던 현수는 고개를 갸웃거렸다. 왠지 인원이 늘어난 듯한 느낌이 든 때문이다.

땅, 땅, 따땅, 따땅땅! 땅, 땅, 따땅! 따다다다당!

귀가 따가울 정도로 요란한 망치질 소리가 여기저기에서 터져 나온다.

땀 흘리며 일에 몰두해 있는지라 현수의 출현을 아직 모르는 듯하다.

알았다면 맥주 달라고 아우성을 쳤을 것이라 생각한 현수는 얼른 족장의 거처로 향했다. 그곳에도 일에 열중하고 있는 드워프가 있다.

족장이자 최고 어른인 나이즐 빌모아이다.

땅, 땅, 따땅, 따땅!

규칙적인 망치질 소리에 잠시 귀를 기울이다 조심스럽게 노크했다. 작업 삼매경에 빠진 장인을 방해하는 일이기 때문이다.

똑, 똑, 똑!

"누구? 아, 하인스 군. 어서 오시게."

"저 때문에 작업 방해된 건가요?"

"방해? 흐음, 방해라면 방해지. 아무튼 어서 오게."

나이즐 빌모아가 가리킨 곳엔 의자 하나가 놓여 있다.

"자네 전용 의자일세. 우리 건 좀 낮아서 불편해 보여 하나 만들었네."

"아! 그렇습니까? 감사합니다."

새삼스레 살펴보니 상당히 공들여 만든 느낌이 든다. 하여 정중히 다시 한 번 감사의 뜻을 표했다.

"그런데 일족이 상당히 많아진 느낌입니다."

"허허, 느꼈나?"

나이즐은 만족스럽다는 듯 환한 웃음을 짓는다.

"나가 살던 동생 녀석들을 불러들였네."

"네?"

"내겐 동생이 다섯 있지. 각기 일가를 이뤄 독립해 나갔는데 자네 덕에 모두 불러들일 수 있었네."

"제 덕이라니요? 그게 무슨 말씀이시죠?"

"자네가 준 맥주 말이네. 그 덕에 녀석들이 제 발로 기어들어 왔지. 그래서 자네가 부탁한 것들도 거의 다 되어가네."

"아!"

"오늘 안에 끝날 거야. 창고에 쌓아놓았으니 가서 보게."

"창고요? 아, 네에. 알겠습니다."

현수가 일어나자 나이즐은 다시 망치를 잡는다.

땅, 땅, 따땅, 따땅!

규칙적인 망치질 소리를 들으며 일족의 창고로 가보니 무구들이 산더미처럼 쌓여 있다.

칼, 방패, 갑옷, 투구, 각반, 완호갑 등등이다.

갑옷을 들어보니 무게감이 느껴진다.

"흐음! 너무 무거우면 전투력이 제한되는데……."

잠시 고심하던 현수는 갑옷 안쪽에 경량화 마법진을 그려 넣었다.

아울러 스트렝스와 항온 마법진도 그려 넣었다.

"에구, 이걸 언제 다 해? 참, 그렇게 하면 되겠군."

산더미처럼 쌓인 무구들을 바라보던 현수는 아공간에서 스테인리스 철판 하나를 꺼냈다.

항온 티셔츠에 쓸 0.3mm짜리 SUS 304 철판이다.

인라지 마법으로 확대시킨 후 여러 마법진을 그려 넣었다. 최종적으로 구멍을 뚫고 세심하게 살폈다.

마나석을 박아 마법진을 가동시키면 무구들은 무게를 느끼지 못할 정도로 가벼워질 것이다.

또한 늘 일정한 온도를 갖게 될 것이다.

뿐만 아니라 혹시 있을지 모를 마법 공격에 대한 저항성이 커진다. 하여 4서클 이하 마법 공격은 별다른 효과를 내지 못하게 된다.

드워프가 만든 것이라 단단하고 착용성이 좋기에 따로 그에 해당하는 마법진은 그려 넣지 않았다.

모든 것을 마친 뒤 스테인리스 철판들을 꺼내 퍼펙트 카피 마법으로 마법진들을 복사했다.

3만 개에 달하는 갑옷에 일일이 마법진을 끼워 넣는 작업은 매우 힘든 일이다. 하지만 현수가 그 일을 하지는 않았다.

나이즐 빌모아에게 되돌아가 일족의 도움을 요청했기 때문이다.

"여기에 마나석만 끼우면 된다고?"

"네, 끼워만 놓으시면 구동은 제가 시키면 되니까요."

"그래, 그러지."

나이즐 빌모아는 3만 개에 달하는 작은 마나석을 보며 고개를 끄덕였다. 이것은 유카리안 영지를 복속시키면서 얻은 중급 마나석 조각들이다. 마법으로 모두 같은 크기로 잘라 냈다.

"참, 자네가 일전에 알려준 그 방법, 참으로 유용했네."

"네? 제가 뭘……."

"각기 일부분의 작업만 맡아서 하는 작업 말이네."

"아! 분업[5]이요?"

"그래. 그걸 하면서 작업을 바꿔봤더니 일족의 솜씨가 일취월장함을 느꼈네. 또한 작업에 대한 이해도도 높아졌고."

---

5) 분업(Division of labour):하나의 노동 과정을 여러 부분으로 나누어 각 부분을 개인이나 개별 집단이 각각 수행하는 것.

자신이 아드리안 공국에 당도함과 거의 동시에 무구들을 갖춰야 한다 생각했기에 한 제안이다.

　나이즐 빌모아는 분업의 장점에 대해 입에 침이 마르도록 칭찬을 했다.

　생산성은 나아지고 출하되는 상품의 질이 좋아지며, 작업 시간이 줄어들기 때문이다.

　"아무튼 나머지는 금방 채워질 것이네. 식구들이 늘어서 그러지. 대신 알지?"

　나이즐 빌모아가 눈웃음을 친다.

　어찌 속내를 모르겠는가!

　"네에, 다음에 올 때 조금 더 가져오겠습니다."

　"하하, 고맙네, 고마워."

　"참, 금괴 제련은 어찌 되었습니까?"

　"그것도 당연히 다 되었지. 또 필요하면 말만 하게. 일족이 늘었으니 얼마든지 가능하네."

　"정말이십니까?"

　"그럼, 그럼! 자네가 얼마나 많은 금을 가졌는지 몰라도 다 해줄 테니 걱정 말고 꺼내 놓게."

　큰소리 탕탕 치는 족장을 바라보는 현수의 눈가엔 개구진 웃음이 배어 있었다.

　"좋습니다. 그럼 마음 놓고 꺼내 놓지요. 모두 금괴로 만들어주십시오."

"하하, 그러게. 근데 양이 많은가? 많으면 창고에 꺼내 놓게. 보다시피 여긴 작업하는 공간이라……."

"네에, 그러지요."

현수는 성큼성큼 걸어 무구들이 쌓여 있는 창고로 갔다. 그곳에서 마법진을 끼워 넣을 필요가 없는 칼과 각반, 완호갑 등을 아공간에 넣었다. 그리곤 히데요시의 황금을 꺼내 놓았다.

"자, 자네 정말 인간 맞나?"

"그럼요. 저 절대 드래곤이 아닙니다. 드워프에게 맥주를 주는 드래곤 봤습니까?"

"아, 아니. 없지. 아암, 없고말고."

대답을 하면서도 나이즐 빌모아는 황금에서 시선을 떼지 못한다. 꺼내 놓은 것만 아무리 적게 잡아도 500톤은 넘을 것 같다. 그럼에도 계속해서 나오기에 질려 버린 것이다.

"더 있지만 그건 나중에 부탁드릴게요. 무구 제작이 끝나면 이걸 모두 금괴로 만들어주십시오. 대신 맥주 많이 드릴게요."

"으응! 그, 그러게."

눈앞에 쌓인 2,000톤에 가까운 황금을 본 나이즐은 기절할 지경이다.

세상에 이처럼 많은 황금이 있다는 걸 오늘 처음 알았고, 그걸 일개 개인이 소장하고 있었다는 것도 놀라운 일이다.

"그, 그런데 말이네."

"네에, 말씀하십시오."

"내가 이런 말 하기 참 그렇지만 이곳의 지배자가 이걸 보면 모조리 빼앗아갈 수도 있는데 어쩌지?"

"라이세뮤리안 때문이라면 걱정하지 않아도 됩니다."

"어, 어떻게 자네가 어떻게 위대한 존재를…… 설마 아는 사이인가?"

"하하, 그럼요. 지금 저하고 같이 유희하는 중이라 이곳엔 안 옵니다. 그러니 걱정 말고 작업하십시오."

"끄으응!"

나이즐은 드래곤과 동행한다는 말에 넋을 잃은 듯 나직한 침음만 낸다. 그리곤 다짐하듯 묻는다.

"자, 자네 정말 인간 맞지? 그치? 드래곤이거나 드래고니안 아니지? 그치?"

"물론입니다. 아까도 말씀드렸잖아요. 드워프에게 맥주 주는 드래곤이나 드래고니안 보셨습니까?"

"아, 아니. 없지. 유사 이래 단 한 번도 없었지."

"근데 뭘 걱정하십니까? 걱정 말고 작업만 잘 해주십시오. 섭섭하지 않게 맥주 드릴 테니."

"그, 그래. 알았네."

빌모아 일족의 거처를 나선 현수는 곧장 트랜스퍼 디멘션 마법을 시전했다.

샤르르르르릉—!

*   *   *

"흐음! 날씨가 많이 추워졌군."

2013년 10월 12일인 오늘 서울은 가을이다.

그런데 모스크바엔 눈이 내리고 있다. 영하로 기온이 떨어졌다는 뜻이고, 혹한이 시작됨을 알리는 전조이다.

침실로 가니 이리냐가 눈을 크게 뜬다.

"자기야, 어디 갔다 왔어요? 복장은 그게 뭐구요."

"아, 이거?"

아무 생각 없이 들어서던 현수는 아차 하는 마음이 되었다. C급 용병 차림이라는 것을 깜박 잊은 것이다.

"옷이 그게 뭐예요?"

"아, 알았어. 금방 갈아입고 내려올게. 그리고 어머니께 연락드려. 오늘 출국할 거니까."

"그렇게 빨리요?"

"그래. 여긴 점점 추워지잖아. 아무튼 출국 준비해."

"네에."

이리냐는 어머니와 킨샤사로 갈 생각에 부풀었는지 별다른 반응 없이 후다닥 뛰어 나간다.

황급히 의복을 갈아입은 현수는 물건들을 챙겼다. 강전호에게 도움을 주기 위해 메모해 놓은 것들이다.

"장인어른, 오늘 출국합니다."

"하하! 그래, 그래! 자넨 바쁜 일이 많으니 일보러 가야지. 금방 되돌아올 거지?"

"그럼요. 볼일만 보면 또 와야지요."

"그래, 잘 다녀오게. 여기 걱정 말고."

"네, 감사합니다."

알렉세이 보스에게 출국 인사를 마친 현수는 서재로 갔다. 그리곤 푸틴을 위한 반지를 제작했다.

거의 마치고 일어서려 할 때 벨소리가 들린다.

CHAPTER 07
두바이에서 걸려온 전화

전능의팔찌
THE OMNIPOTENT
BRACELET

딩동—!

저음의 벨소리는 육중한 기분을 느끼게 했다.

아래층으로 내려가니 누군가 서성이고 있다.

"누구십니까?"

"아! 안녕하십니까? 앞으로 이 저택을 관리할 집사 트로
츠키 안토니오비치 브레즈네프입니다. 안톤이라 불러주십
시오."

정중히 고개 숙이는 사내는 45살쯤 된 장년인이다.

"좋아요, 안톤. 알렉세이 보스가 보내셨습니까?"

"네, 대보스께서 보스를 잘 보필하라고 보내셨습니다."

"흐음, 마침 잘되었습니다. 그렇지 않아도 이 저택을 어쩌나 싶었는데. 좋아요. 앞으로 잘 부탁드리겠습니다."

"아이구, 무슨 말씀을……. 앞으로 잘 모시겠습니다."

"잠깐 여기 이 소파에 앉아 계세요."

"네, 보스."

안톤은 찍소리 않고 소파에 앉았다. 그리곤 고개를 돌려 주위를 살핀다. 커다란 이 저택은 거의 비어 있다. 어제저녁엔 임시로 알렉세이가 보낸 하녀들이 있었던 것이다.

이제 주방과 세탁실, 그리고 청소와 관리를 맡아줄 하녀가 필요하고, 제반 업무를 총괄할 하녀장 또한 필요하다.

하여 머릿속으로 필요 인원을 계산하고 있었다.

"오래 기다렸네요, 안톤!"

"아, 아닙니다, 보스!"

"자, 이건 저택 유지에 필요할 돈입니다. 그리고 이건 돈으로 환전해서 쓰세요."

"……!"

안톤의 눈이 커진다. 현수가 내민 100달러짜리 지폐 뭉치 때문이 아니다. 싯누런 빛을 발하는 12.5kg짜리 금괴 두 개의 가치는 한화로 약 14억 5천만 원에 해당된다.

러시아에선 보기 힘든 거금이다.

"보, 보스!"

오늘 처음 보았을 뿐이다. 그런데 거금을 아무렇지도 않게 내놓는다.

"일해주실 분들이 더 필요할 겁니다. 필요한 만큼 뽑으세요."

"네? 제가 뽑습니까?"

"물론입니다. 안톤이 이 저택을 총괄해야 하지 않겠습니까? 아! 가급적이면 생활이 곤란한 분들 위주로 뽑으세요."

"보스⋯⋯!"

주위에 도움을 주라는 뜻임을 어찌 모르겠는가!

안톤은 현수의 마음 씀씀이에 감동받은 듯한 표정이다. 그러거나 말거나 현수의 유창한 러시아어가 이어진다.

"이곳 가정부들의 평균 임금은 어느 정도 합니까?"

"약 13,000루블(약 50만 원) 정도 됩니다."

"저택에서 요리할 분은 얼마나 줘야 하지요?"

"마찬가지로 13,000루블이면 됩니다."

"내가 알기론 러시아 의사들의 수입이 월 28,000루블(약 107만 원) 정도 되는데 맞습니까?"

"네, 그 정도 법니다."

"좋아요. 그럼 가정부는 월 26,000루블을 주세요. 요리사는 그보다 조금 더 많은 30,000루블로 합시다."

"네에? 그, 그건 너무 많은……."

"내 집에서 일하실 분들이니 당연히 많이 드려야죠. 자, 다음은 안톤입니다. 제가 알기로 이곳 법조인들의 평균 급여가 월 11만 루블(약 420만 원)입니다. 맞습니까?"

"네, 네에? 설마……? 그, 그건 너무 많습니다."

"압니다. 앞으로 잘해달라는 뜻으로 이러는 겁니다. 안톤은 매달 11만 루블을 가져가십시오."

"보, 보스!"

생각지도 못했던 거금에 안톤은 눈물까지 글썽인다. 이곳에 오기 전까지 알렉세이 보스의 저택에서 근무했다.

물론 집사장이 아니라 일개 집사로 20년 넘게 근무했다.

안톤이 지금껏 받은 급여는 월 25,000루블이었다.

집사로선 적지 않은 급여이다. 그런데 새로운 근무지인 이곳의 보스는 그것의 네 배를 뛰어넘는 급여를 준다고 한다.

어찌 가슴 떨리지 않겠는가!

그런데 또 청천벽력과 같은 이야기가 들린다.

"직원들 보너스는 연 600%로 계산해서 지급하세요."

"네에? 여, 연 600%라고요?"

"네, 이 집에서 일하는 분들은 모두 내 식구입니다. 나만 잘 먹고 잘사는 건 공평하지 않지요. 모두 넉넉한 삶을 살 수 있도록 잘 배려하세요."

"보, 보스!"

급기야 안톤의 눈에서 눈물이 흘러나온다. 하지만 짐짓 모르는 척하고 주머니에서 반지함을 꺼냈다.

"크렘린궁 공보실장 드미트리 페스코프 씨에게 가져다 주세요. 내가 푸틴 대통령께 드리는 선물이라고 하면 알 겁니다."

"네에? 푸, 푸틴 대통령이요?"

안톤의 눈이 또 커진다. 대통령과 친분을 갖기 어려운 것은 어느 나라든 마찬가지이다. 특히 러시아는 더하다.

푸틴은 절대 권력자이다. 예전으로 치면 임금쯤 된다. 그런 임금을 어찌 쉽게 만날 수 있겠는가!

그런데 현수는 아무렇지도 않은 표정이다.

"네, 가져다주기만 하면 됩니다."

"아, 알겠습니다."

안톤은 떨리는 손으로 반지함을 받아 든다. 현수는 피식 실소를 짓고는 말을 이었다.

"나는 오늘 이곳을 떠납니다. 얼마나 걸릴지는 모르지만 곧 돌아올 테니 필요한 인원을 뽑아서 배치하세요. 그리고 경호 인력을 위한 방들도 준비해 주고요."

"알겠습니다, 보스!"

"돈이 더 필요하면 언제든 이야기하세요. 필요한 건 뭐든

구입하구요."

"네, 보스!"

얼마 되지 않은 시간이지만 안톤의 뇌리엔 새로운 주인이 각인되었다. 물론 없던 충성심이 샘솟는 중이다.

그런 안톤의 뇌리로는 몇몇 이웃이 스친다.

병든 노모를 모시고 사는 타찌아나, 뛰어난 음식 솜씨를 지녔지만 인정받지 못해 빈곤하게 사는 나탈리야 등등이다.

이들의 공통점은 예쁜 딸들이 있다는 것이다. 딸까지 고용하면 살림살이가 단번에 필 것이다.

안톤은 친하게 지내던 사람들에게 도움을 줄 수 있는 이 상황이 너무나 좋아서 저도 모르게 미소 짓고 있었다.

그러다 경호원들에 대한 생각을 하였다.

레드 마피아에서 파견한 경호원은 이 저택에서 살지는 못할 것이다. 뒤쪽에 새로운 숙소를 지을 생각을 품은 것이다.

어찌 하늘같은 보스와 한낱 경호원들이 같은 지붕을 이고 살 수 있단 말인가!

현수가 출국하고 난 뒤 안톤은 새로운 고민거리가 생긴다. 크렘린궁을 방문하여 공보실장에게 반지함을 건넨 다음 날 일단의 무리가 출현한 때문이다.

이들은 크렘린궁 소속이라는 신분증을 디밀었다. 그리곤 저택 뒤쪽에 공사를 지시한다. 현수가 러시아에 머무는 동안 보호해 줄 경호원들을 위한 숙소 건설 공사이다.

이들을 보낸 이는 메드베데프이다. 그의 보스인 푸틴이 독살당하지 않도록 해준 것에 대한 보답이다.

안톤은 다른 건설사를 골라 저택 입구 쪽에 새로운 숙소를 짓도록 했다. 레드 마피아가 파견한 조직원들을 위한 것이다.

현수의 저택에선 레드 마피아와 크렘린궁의 동거가 시작된 것이다.

*   *   *

킨샤사 공항에 당도한 직후 현수는 텔레포트 마법으로 저택 지붕에 당도하였다.

이리냐와 모친이 함께 오지 못한 것은 알렉세이 보스 때문이다. 이리냐를 수양딸로 맞이했으니 얼굴이라도 봐야 하지 않겠느냐는 말에 남겨두고 온 것이다.

아무튼 계단을 딛고 아래쪽으로 내려가려던 현수는 멀리 정문 근처에서 서성이는 인영을 보고 고개를 갸웃거렸다.

"흐음, 누구지? 이곳 사람은 아닌 것 같은데."

이곳은 찾아올 사람이 없다. 현수가 저택의 주인이라는 것을 아는 사람이 드물기 때문이다.

보아하니 벨을 누르긴 했지만 문을 열어주지 않는 모양

이다.

하여 현수가 직접 현관을 열고 밖으로 나갔다.

어딘가에 분명 인터폰이 있을 것이다. 하지만 그게 어디에 있는지 몰라 나간 것이다.

"누구십니까?"

"아! 김현수 전무님, 접니다. 저 박동현입니다."

"네? 울림네트워크의 박 대표님?"

"네, 다행입니다. 저는 집을 잘못 찾았는지 알고 난감해하던 차입니다. 여기까지 데려다 준 택시가 가버렸거든요."

"에구, 고생하셨습니다. 아무튼 환영합니다."

문을 열자 박 대표가 손수건으로 이마에 솟은 땀을 닦아내고 있다. 아침이지만 더위를 느끼는 모양이다.

"근데 왜 안 들어오고 밖에 있었습니까?"

"벨을 누르고 누구냐고 묻는 것 같아서 대답을 했는데 문을 안 열어주더군요."

"혹시 영어로 말씀하셨습니까?"

"네, 당연하죠. 아는 게 영어밖에 없으니."

"에구, 여기선 불어를 씁니다. 아마 무슨 소린지 알아듣지 못해 안 열어준 모양이네요. 미안합니다."

"아이고, 아닙니다."

악수를 하곤 정원을 가로질러 실내로 들어갔다.

"어머, 주인님!"

"아! 알리사, 손님이 오셨어. 음료수 좀 준비해 줘. 그때 그거 있지?"

"네, 주인님!"

알리사가 공손히 고개를 숙이곤 물러간다.

"우와! 정말 집이 좋군요. 세를 내신 겁니까?"

"아닙니다. 지인으로부터 선물 받았지요."

"네에? 이 큰 저택을요?"

박동현 대표는 몹시 놀란 표정을 짓는다.

하긴 한국에서 이만한 저택을 보유하려면 최소한 200억 원은 지불해야 할 것이기 때문이다.

"네에, 어쩌다가요. 아무튼 먼 길 오느라 애쓰셨습니다. 여기 찾기가 조금 불편하셨죠?"

"네, 그래도 천지약품을 먼저 찾아가 보라는 이은정 실장님의 조언 덕분에 고생을 덜 했습니다."

사실 박동현은 천신만고 끝에 이 집을 찾았다. 공항에 내려 보니 가장 큰 문제가 언어였다.

영어를 못 알아들으니 바디랭귀지로 천지약품의 위치를 물었다. 그런데 천지약품을 어떻게 표현하겠는가!

하여 고생 끝에 천지약품을 찾았고, 그곳에서 이춘만 사장을 만나기 위해 열한 시간을 기다렸다.

그리고 오늘 새벽 이곳의 위치를 알게 되었다.

이 사장이 친절하게도 택시를 태워서 보냈다. 하여 내리라 하여 내렸는데 만일 아니라면 하는 생각이 들자 등에서 진땀이 솟는다. 되돌아갈 일도 까마득하기 때문이다.

"바쁘실 텐데 어떻게 여기까지 오셨습니까?"

"그거야 전무님 차 때문이죠. 말씀해 주십시오. 엔진을 어떻게 손을 보셨기에 그런 성능이 나오는 겁니까?"

"에? 겨우 그거 때문에 여기까지 온 거예요?"

"겨우라니요, 전무님! 연비가, 연비가 무려 31.8㎞/h입니다. 그것도 혼잡한 시내 주행에서요. 대한민국에, 아니, 전 세계 어디를 가봐도 이런 차 없습니다."

"참, 그거 아직 미완성이라니까요."

"전무님, 정말 우리 차가 리터당 100㎞ 이상 달리는 게 가능하다 여기시는 겁니까?"

"물론이에요. 왜 안 될 거라고 생각하는 거죠? 기술은 점점 발달하고 있잖아요."

"그거야 그렇지만……."

대화를 하는 동안에도 어디선가는 눈부신 기술 발달이 이루어지고 있을 것이라는 것을 알기에 박 대표는 말끝을 흐렸다.

"이곳에 와서도 엔진에 대한 생각을 많이 했습니다. 그래서 성과가 있을 거 같아요."

"……!"

"사장님은 돌아가셔서 양산 체제를 준비하세요. 그리고 엔진 제조 공장도 하나 설립하시구요. 언제까지나 남들이 개발한 엔진을 돈 주고 사서 조립할 수는 없잖아요?"

"엔진 회사요?"

"네, 울림엔진이라는 회사를 하나 만드세요. 자본금은 제가 충당할 테니까요."

"자본금 전부를요?"

"사장님도 투자를 하려면 하셔도 되구요. 김형윤 선배를 대표이사 자리에 앉히면 될 거예요."

"알겠습니다."

박동현 대표는 현수와의 만남이 일생일대의 기회라는 것을 느끼고 있는 차이다. 그렇기에 살고 있는 아파트를 팔아서라도 자본 참여를 하리라 마음먹었다.

그래 봐야 불과 10%이다. 그것도 현수가 많이 양보해 줘서 그만한 지분을 갖는다. 대표이사를 맡게 되는 김형윤 상무 역시 10% 지분을 갖는다. 나머지 80%는 현수의 것이다.

나중에 이실리프엔진으로 명칭이 변경될 울림엔진은 상장되지 않는다. 그럴 이유가 없기 때문이다.

기업들이 코스닥⁶⁾에 상장하는 이유는 원활한 자본 조달을 위한 것도 있지만 상장 평가 차익을 실현시키고자 함이다.

그런데 현수는 돈이 썩어날 지경이다.

따라서 자본 조달에 조금의 어려움도 없다. 평가 차익을 남길 생각 또한 없으니 굳이 상장할 이유가 없는 것이다.

박동현 대표와 비행기를 타고 귀국하는 동안 현수는 여러 가지를 스케치하였다. 물론 스피드에 장착될 엔진 개선 작업을 하는 것이지만 박 대표가 보기에 현수는 기하학적인 문양을 그렸다 지우는 것의 반복일 뿐이었다.

"아! 사장님 오셨어요?"

"그간 별일 없었죠?"

이은정 실장은 현수를 보자마자 벌떡 일어나 고개를 숙인다.

"사장님, 잘 다녀오셨어요?"

"안녕하세요, 사장님?"

김수진과 이지혜 역시 서둘러 인사를 한다.

"모두 잘 있었죠? 근데 책상이 좀 늘어난 것 같습니다?"

"아! 그건 제가 보고 드리겠습니다. 저희 업무량이 너무 많이 늘어 직원을 조금 더 뽑았습니다."

"그래요? 그 이야긴 저기서 듣죠."

---

6) 코스닥(Korea Securities Dealers Automated Quotation):코스닥위원회가 운영하는 시장으로서 미국의 나스닥과 유사한 기능을 하는 중소, 벤처기업을 위한 증권시장.

현수가 사장실로 들어서자 이은정 실장이 쪼르르 달려온다. 물론 현수가 좋아하는 사과주스를 들고서.

"자, 이제 말해봐요. 그간 무슨 일이 있었는지."

"우선 대 러시아 수출량이 대폭 늘었어요. 어제 드모비치 상사로부터 팩스가 왔는데 앞으로는 물량을 늘려달랍니다."

"지금까지는 월 5천만 불 수준이었는데 그게 늘어난 겁니까?"

"네, 1억 불까지 받아준다고 해요."

이리냐를 수양딸로 받아들이면서 보다 관계를 공고히 하기 위한 조치일 것이기에 고개를 끄덕였다.

"노보로시스크에 있는 지르코프 상사라는 곳에선 의류 수입을 하겠다는 팩스가 왔습니다."

"아! 그건 내가 알아서 하니 신경 덜 써도 됩니다."

"네, 알겠습니다. 그리고 직원은 추가로 네 명을 더 뽑았습니다. 현재 이실리프 상사에 위탁 교육 중이에요."

"잘했네요."

"급여 체계는 수진이나 지혜에 맞췄어요. 괜찮은가요?"

"이 실장님이 그렇게 정했으면 그런 거죠. 그것 외는요?"

"없어요. 너무나 순조로워서 오히려 불안할 지경이에요."

"불안해하지 않아도 돼요. 앞으론 점점 더 나아질 테니까요."

"네에, 그랬으면 좋겠어요. 참, 라일라 아지즈라는 분으로
부터 여러 번 전화가 왔어요."

"라일라 아지즈?"

"네. 중동 쪽 같은데 아는 분 아니세요?"

"흐음, 잘 모르는데. 연락처 남겼어요?"

"네, 사장님 책상 위에 메모해 두었어요. 오시는 대로 언제
든 연락 달라고 하더군요. 급한 일이래요."

"그래요. 알았어요."

보고를 마친 이은정 실장이 밖으로 나감과 거의 동시에 휴
대전화가 진동을 한다.

"여보세요."

"아! 형님, 접니다. 이현우."

"오! 그래, 웬일이냐? 나 한국에 온 건 어떻게 알고?"

"귀국했어요? 잘되었네요. 시간 좀 내줘요."

"왜? 이수정 씨랑 잘 안 돼?"

"아뇨. 그건 아니고요. 아무튼 좀 만나주세요."

"그래, 시간 확인해 보고 연락해 줄게."

전화를 끊고 책상 위를 보니 포스트잇에 전화번호 하나가
메모되어 있다.

라일라 아지즈.

9714—888—0080

하루 평균 세 번의 전화가 왔음.

잘못 걸려온 전화가 아님.

"흐음! 라일라 아지즈가 대체 누구지?"

메모를 보며 현수는 고개를 갸웃거렸다. 처음 보는 이름이기 때문이다. 잘못 걸려온 것이 아니라면 뭔가 용무가 있다 싶어 수화기를 들어 번호를 눌렀다.

띠리리링, 띠리리링, 띠리리링!

착신음이 몇 번 울리는가 싶더니 누군가 전화기를 집어든다.

"여보세요. 누구십니까?"

중년 여인의 음성이다. 현수는 아랍어로 대꾸했다.

"안녕하세요. 저는 한국의 김현수라 하는데 라일라 아지즈 씨와 통화하고 싶습니다."

"라일라요? 잠시만 기다려 주세요."

잠시 슬리퍼 끌리는 소리가 들리는가 싶더니 젊은 음성이 들린다.

"전화 바꿨습니다. 라일라 아지즈입니다. 한국의 김현수 씨 본인이 맞습니까?"

"네, 김현수입니다. 저는 라일라 아지즈 씨를 모르는데 여러 번 전화를 주셨다 하여 전화 드렸습니다. 어떻게 저를 아시는지요?"

"......!"

상대는 대답이 없다. 하지만 그 시간은 그리 길지 않았다.

"솔직한 대답을 듣고 싶은데 그래주실 수 있는지요?"

"무슨 말씀이신지요?"

"여기 두바이를 방문하신 적이 있죠?"

"그렇습니다."

"아라비안나이트라는 상점을 들르신 적이 있는지요?"

"으음! 네, 그런 적 있습니다."

하늘을 나는 마법 양탄자와 피리를 불면 꿈틀거리는 밧줄 등으로 장난을 쳤던 곳이다.

"혹시 마법사십니까?"

"네에?"

현수는 뜨끔한 기분이 들었다.

"저희 아버지가 어느 날부터 괴상한 소리를 하더군요. 가게에서 팔던 물건이 아라비안나이트에 나오는 물건이라고요. 그러면서 하루 종일 '날아라, 양탄자'라는 소리만 하고 계세요."

"......!"

"아니라고, 장난이었다고 말해주시지 않으면 정신병원에

입원시켜야 할 지경입니다. 도와주세요. 네?"

현수가 들러 장난을 쳤던 아라비안나이트라는 상점 주인 아지즈에겐 딸이 하나 있다. 지금 그 딸과 통화 중인 것이다.

현수가 아무런 대꾸도 하지 않자 라일라가 먼저 입을 연다.

"지금 한국에 계시다면 우리가 아버질 모시고 갈게요. 아버진 김현수 씨 얼굴을 생생히 기억해요. 그러니 아니라고 한 말씀만 해주세요. 장난이었다고. 이러다 큰일 나겠어요."

"끄으응!"

두바이를 지나치던 길에 장난으로 한 일이다. 누구에게 피해를 줄 생각은 손톱만큼도 없었다.

그런데 모르고 던진 돌에 개구리가 맞아 죽었다는 이야기처럼 생각지도 못한 부작용이 발생되었다.

모질지 못한 현수이기에 힘없는 소리로 대꾸했다.

"오시면 그렇게 말씀드리겠습니다. 제 휴대전화 번호는 010-9101-1109입니다. 연락 주십시오."

"고마워요. 곧 방문하죠."

통화를 마친 현수는 나직이 중얼거렸다.

'메모리 일리머네이션을 써야겠군.'

기억을 삭제하면 혼자서 헛소리하는 증상이 사라질 것이기 때문이다.

"차암, 나. 다 큰 어른이 어떻게 그걸 사실이라고 믿지? 첨

단 문명이 나날이 발전하는 21세기에. 쩌업!'

혼자 구시렁대면서 다이어리를 뒤적였다. 해야 할 일들을 틈틈이 메모해 두었던 것이다.

"겨울이 시작되었으니 지르코프 상사에게 보낼 물건부터 만들어야겠군."

곧바로 차를 몰아 이실리프 어패럴로 향했다.

"아이고! 어서 오십시오, 전무님!"

"네에, 그간 안녕하셨지요?"

"그럼요. 염려 덕분에 순조롭습니다. 자, 이쪽에 앉으십시오. 러시아로 보낼 물건들에 대한 샘플과 디자인입니다."

사장실엔 많은 마네킹이 세워져 있다. 각기 다른 디자인의 방한 의복이 입혀져 있다.

현수는 자리에 앉기 전에 그것들을 먼저 살폈다.

"제가 말씀드린 대로 두껍지 않아 활동성이 좋아지겠군요."

"네. 그리고 전문가들에게 확인해 본 결과 적정 온도는 37.5℃라고 하더군요. 체온이 1℃ 올라가면 면역력이 5~6배 상승한다고 합니다. 그리고……."

박근홍 사장의 설명이 잠시 이어졌다.

박 사장의 말대로 체온이 올라가면 면역력이 나아진다.

그 이유는 크게 두 가지로 나누어볼 수 있다.

첫째는 체온이 올라가면 혈액 순환이 좋아진다.

추위로 혈관이 수축되지 않으면 면역의 주역인 백혈구가 몸의 구석구석까지 쉽게 이동할 수 있게 된다.

백혈구의 하위 기관 기능 과립구[Granulocyte]와 단구[Monocyte], 림프구[Lymphocyte]로 나누어볼 수 있다.

첫째, 과립구는 다시 호중구와 호산구, 호염기구로 나뉘는데, 호중구는 대부분의 박테리아 및 진균 감염에 대한 방어 기능 및 모든 염증 반응에 있어서 초기 반응을 수행한다.

급성 염증 반응에서 가장 먼저 동원되어서 외부에서 침입한 미생물을 죽이고 세포사하여 고름을 형성한다.

호산구는 기생충 감염 및 알레르기 반응에 관여하는 세포이다. 호염기구는 대개 알레르기 반응 및 항원에 대한 반응으로 히스타민을 분비하여 염증을 일으키는 것으로 알려져 있다.

둘째, 단구는 호중구와 마찬가지로 탐식작용[7]을 통해 외부 물질을 제거한다.

셋째, 림프구는 외부 항원에 대항하는 항체를 생산하는 B 림프구, 바이러스나 세포 내 세균에 감염된 세포를 직접 공격

---

7) 탐식작용:식균 작용과 같은 말로 세균이나 이물질 등을 제거하기 위해 백혈구 등과 같은 대식세포가 먹어치우는 작용.

하여 면역 반응을 일으키는 T림프구, 그리고 특정 신호를 내는 세포(바이러스에 감염된 세포, 종양 세포)를 직접 죽일 수 있는 기능을 가진 자연 살상 세포이다.

체온 상승이 면역력 상승으로 이어지는 두 번째 이유는 효소 활성의 상승이다.

효소는 체내의 여러 가지 대사를 조정하지만 38℃ 까지는 그 활성이 비례하는 것으로 알려져 있다.

효소의 활동이 활발해지면 백혈구를 중심으로 한 면역 시스템도 원활하게 작용되어 면역력이 상승하게 된다.

박근홍 사장은 이론상 38℃ 까지 면역력 증진이 이루어진다고 하지만 만일을 대비하여 37.5℃ 정도로 조절하는 것이 적정하다는 의견이었다.

"좋습니다. 그렇게 만들어 드리지요."

현수의 시원스런 답변에 박근홍 사장이 눈을 크게 뜬다.

"그게 그렇게 쉬운 일입니까?"

"물론 그럴 리가 없죠. 온도 설정 변경은 상당히 정교한 작업을 요구합니다."

"아! 그래요?"

"하지만 어쩌겠습니까? 요구하시는 온도가 그것이니 맞춰 드려야죠. 최대한 빨리 끝낼 테니 사장님도 저쪽에서의 오퍼를 적극적으로 처리해 주십시오."

"물론입니다. 근데 디자인은 우리가 정하지만 사이즈는……?"

"그건 최단 시일 내에 알려 드리지요. 참, 최세창 대령, 또는 미군으로부터 샘플로 나갔던 것 회수하셨습니까?"

"아직 회수하지 못했습니다. 그렇지 않아도 최세창 대령으로부터 여러 번 전화가 왔습니다. 또한 기무사 선진식 소령도 여러 번 연락이 왔습니다."

"뭐랍니까?"

"기술을 개발한 사람이 누구냐고 묻더군요. 그래서 전무님 핑계를 댔습니다. 괜찮겠습니까?"

"잘하셨네요. 앞으로도 그렇게 하십시오."

"참, 일전에 들렀던 강철환이라는 사람 있잖습니까? 그 사람도 여러 번 전화했습니다. 그때마다 좋은 말로 할 때 기술을 넘기라고 하더군요."

박 사장은 강철환이라는 인물을 상기하는 것만으로도 불쾌하다는 듯 얼굴이 달아오른다.

"그래요? 알겠습니다. 또다시 연락이 오면 제게 연결해 주십시오. 그나저나 사장님과 부인께는 별일 없으신 거죠?"

"네, 전무님께서 경호원을 보내주신 거 나중에 알게 되었습니다. 신경 써주셔서 정말 감사합니다."

박근홍 사장을 새삼스레 허리까지 숙이며 사의를 표
한다.
　"감사하긴요. 사장님이 안전해야 우리 사업이 제대로 되지
않겠습니까? 그나저나 양산 준비는 다 되었습니까?"

CHAPTER 08
싸다고 못 믿냐?

"오더만 떨어지면 곧바로 생산 가능합니다."

"좋아요. 그럼 일단 출발하죠. 러시아는 우리보다 체형이 크니 남성용은 105와 110 사이즈 위주로 생산을 시작하십시오. 여성용도 그렇고요. 자세한 건 금방 알려 드리겠습니다."

"네, 그렇게 하죠."

"콩고민주공화국으로 보낼 것들도 준비하셔야 합니다."

"물론입니다. 그것들도 준비 다 되어 있습니다. 오더만 주시면 곧바로 생산 가능합니다."

"네, 그렇겠죠. 참, 미군에 군복을 납품할 생각입니다. 그것도 준비해 주세요."

"가격은 어떻게 하실 생각입니까? 미군 ACU 군복 한 벌당 150달러 정도 하는데……."

"벌당 300달러 정도로 이야기하십시오. 그 가격에 산다면 팔고 아니면 말죠."

"하하, 네에."

"헬멧과 전투화에도 항온 기능 부여가 가능하니 그건 임가 공[8]하는 것으로 이야기하십시오. 하나당 150달러씩 내라고 하면 될 겁니다."

"네, 알겠습니다. 그렇게 정리하여 로버트 켈리 중령과 접 촉해 보겠습니다."

"참, 기존에 제공했던 샘플은 회수하십시오. 어떤 부작 용이 있는지 최 대령이 목격했으니 직접 물어보라고 하시 고요."

"네, 그렇게 하죠."

현수는 박 사장과 여러 현안에 대한 의견을 주고받았다.

그중엔 빈곤층, 또는 차상위 계층 노인들을 위한 내복도 포 함되어 있다.

그동안 담당 부서를 돌아다니며 알아본 바에 의하면 너무 싸면 안 된다는 결론을 내렸다고 한다.

---

8) 임가공(貨加工):일정한 값을 받고 물품을 가공하는 일.

그만한 기능을 가진 속옷이 그렇게 쌀 리 없다는 것이 담당 공무원들의 공통된 의견이라 한다.

　　다시 말해 너무 싸서 믿을 수 없다는 뜻이다.

　　이에 박 사장은 샘플로 가져간 옷을 입어보라고 했지만 장난치지 말라는 면박을 받았다. 그래도 계속해서 홍보를 했더니 납품가를 상향하자고 한다.

　　보건복지부 공무원들이 납득할 가격이 얼마냐고 물으니 내복 한 벌당 최소가 9만 원이다.

　　시중에서 팔리는 내복 가운데 가장 비싼 것의 가격은 대략 65,000원 정도 한다. 기능성 나일론 80%에 발열 원사 15%, 그리고 폴리우레탄 5%짜리 내복이다.

　　기능성 고급 에이러웜 여성 내의인데 발열 효과로 보온성이 뛰어나며, 사방향 신축성과 흡수 속건 기능을 가진 것으로 광고되고 있는 것이다.

　　박 사장이 복지부에 제안한 것은 이것 이외에 항온 기능이다. 아무리 추운 겨울이라 할지라도, 북풍한설이 몰아치는 속에서도 체온을 37.5℃로 유지해 줄 수 있다고 했다.

　　담당부서 공무원 입장에선 이런 엄청난 기능을 가진 내복을 겨우 7,000원에 납품한다는 반쯤 사기로 여긴 것이다.

　　회의 끝에 기초생활수급자용은 한 벌당 8만 원에, 차상위 계층용은 9만 원에 납품해 보라는 결론을 내렸다.

기초생활수급자용 310만 벌과 차상위 계층용 400만 벌을 납품하게 되면 이실리프 어패럴은 5,725억 원의 순이익이 남는다. 싸게 줘도 문제라니 어쩌겠는가!

원하지 않던 엄청난 이득을 취하게 생길 판이다.

그렇게 발생된 이득금의 90%는 잘게 쪼개 전국의 고아원과 양로원 등을 후원하는 데 사용토록 하였다.

물론 사전에 면밀히 살펴보아야 한다. 양심 고약한 원장이 횡령할 수도 있기 때문이다.

하여 여차하면 아예 고아원과 양로원을 새로 만들어볼 생각을 하라는 의견도 냈다. 가장 투명하게 예산을 집행할 수 있는 방안이라면서 박 사장은 적극적으로 알아보겠다고 했다.

요즘 한가로운 일상을 보내고 있는 김주미 여사로 하여금 사회봉사활동을 시킬 생각을 품은 것이다.

다음 안건으로 러시아의 지르코프 상사로 보내는 것과 콩고민주공화국으로 보내는 것은 이실리프 무역상사를 거친다.

딜이 성사되면 미군엔 직접 납품하는 것으로 정했다.

다음은 내수용이다. 이실리프 어패럴의 전신인 까사일 때 박 사장은 국내 영업을 담당했다.

그때 대형 할인마트와 백화점 바이어들로부터 온갖 홀대

와 구박, 그리고 말도 안 될 불편부당한 일들을 당했다.

백화점 및 마트의 입점 업체였던 그때는 몹시 부당하다는 걸 알면서도 꾹 참을 수밖에 없었다. 하지만 이젠 아니다.

여름용 항온 티셔츠나 겨울용 항온 재킷과 바지는 지구상 어느 곳에서도 구할 수 없는 초희귀 아이템이다.

그리고 흉내조차 낼 수 없는 귀한 물건이다.

그래서 그때의 한을 풀기 위해 박 사장이 직접 영업 일선에 나서기로 했다. 콧대 높은 녀석들이 절절매며 접대하는 걸 받아보겠다며 의기양양한 모습이다.

납품 가격은 이쪽에서 결정하며 마트나 백화점의 마진 또한 이쪽에서 지정하겠다고 한다.

현수는 피식 웃어주며 이렇게 말했다.

"얼마든지 접대 받으십시오. 돈을 찔러주거든 받으시구요. 아! 그 돈은 회사에 낼 필요 없습니다. 사장님 필요한 데 쓰십시오. 대신 너무 많이 마시진 마십시오. 건강도 건강이지만 그러다 제가 사모님에게 미움 받겠습니다."

"네? 아하하! 네에, 그러지요. 알겠습니다."

접대 받으면 찔러주는 돈을 박 사장은 결코 허투루 쓰지 않을 것을 알기에 한 말이다.

설사 그렇게 한다 하더라도 관계없다. 돈이 없어서 사업을 하는 것이 아니기 때문이다.

빌모아 일족에게 제련해 달라고 남겨놓고 온 황금만 2,000톤이다. 2011년 현재 대한민국 정부가 보유하고 있는 황금은 불과 54.4톤이다. 그것의 37배가량이다.

황금 2,000톤은 115조 6,500억 원이 넘는다.

이것 말고도 아공간엔 더 많은 황금이 있다.

그것까지 다 합치면 대한민국 1년 예산인 342조 원을 훨씬 뛰어넘는다. 따라서 푼돈에 연연할 이유가 없는 것이다.

화기애애한 분위기 속에서 대화를 마치고 밖에 나가 맛있는 점심도 먹었다.

"참, 전무님 방 하나 만들어놓았습니다."

"에구, 뭐하러…… 자주 와 있는 것도 아닌데요."

현수의 반응에 박 사장은 결코 그렇지 않다는 표정이다.

"아닙니다. 전무님은 사주이신데 올 때마다 제 방에 잠시 머물다 가시는 게 마음에 걸렸습니다."

"알겠습니다. 그럼 쓰죠."

"하하, 네에."

회사로 되돌아와 보니 사장실 바로 곁에 조금 더 큰 크기로 방을 꾸며놓았다.

"안녕하세요? 비서실 유소라입니다."

"아! 비서까지 뽑으셨어요?"

어렵던 시절을 잊었느냐는 말로 받아들였는지 박 사장은

한숨까지 쉬며 입을 연다.

"아이구, 아닙니다. 미스 유는 전무님 오실 때만 비서 역할을 합니다. 평시엔 총무부 업무를 보죠. 우리 회사에 꽤 오래 있어서 업무 전반에 아주 밝은 재원입니다."

"아! 그래요? 근데 사장님도 비서가 없는데 저만…… 이러지 말고 사장님 비서로 발령 내세요. 저야 가끔 오잖아요."

"아이고, 아닙니다. 저는 비서 없어도 됩니다. 앞으론 밖으로 나돌 건데요. 안 그렇습니까?"

"네, 그렇겠군요. 미스 유, 앞으로 잘 부탁합니다."

"어머, 무슨 말씀을요. 그나저나 차 드릴까요?"

"좋죠."

문을 열고 안으로 들어가니 아주 정갈하고 반듯하다.

바닥은 우유 빛깔 타일이다. 책상과 소파, 그리고 장식장 등이 놓여 있다. 책상과 소파 아래엔 초록색 양탄자가 깔려 있어 산뜻한 분위기를 연출하고 있다.

"좋군요. 마음에 듭니다."

"디자인실 직원들에게 공모해서 만든 방입니다. 마음에 드신다니 다행이구요."

"이렇게 마음 쓰지 않아도 되는데……."

현수의 눈에 뜨인 것은 책상 위에 마련된 명패이다. 거기엔 이렇게 쓰여 있다.

이실리프 어패럴 회장 김현수.

"에구!"

"제 직책이 사장이니 전무님은 회장님 하셔야죠."

"네에, 알겠습니다. 감사합니다. 하하하!"

굳이 사양하지 않고 소파에 앉았다. 말려봤자 소용없기 때문이다. 잠시 후, 유 비서가 커피 두 잔을 내어온다.

"유 비서님, 나중엔 꼭 이실리프 커피를 드십시오."

"호호, 네에."

유소라 비서가 예쁘게 웃고는 밖으로 나간다. 그리고 얼마 지나지 않아 인터컴이 울린다.

띠리링, 띠리링!

"사장님, 강철환이라는 분으로부터 전화가 왔는데 연결해 드릴까요?"

"강철환이요?"

"네에. 안 계시다고 할까요?"

유 비서가 말을 할 때 박 사장의 시선은 현수에게로 향해 있다. 이때 현수는 책상 위의 컴퓨터로 검색 중이다.

현수가 산막골에서 만난 홍진표 교수는 예상대로 보궐선 거에서 압승을 거뒀다.

여당인 한심당과 제1야당인 민주실현당에서 공천 받은 인사와의 대결에서 한심당은 11%, 민주실현당은 8% 득표를 했다.

홍 교수는 무려 75.3%라는 득표를 하여 개표 시작 후 얼마 지나지 않아 당선을 확정했다고 한다.

아직도 누가 홍 교수에게 테러를 가했는지는 밝혀지지 않은 상황이다. 한심당과 민주실현당 공천 후보 둘 중 하나일 것이라는 심증만 있을 뿐이다. 그 덕에 동정표까지 얻어 압도적 지지로 대한민국의 국회의원이 된 것이다.

홍 교수는 국회의원이 된 후 교육과학기술부 쪽의 상임위원회에 들기를 원했으나 자리가 없었다.

하여 비리로 국회의원 자격을 잃은 전임이 속해 있던 국방부와 관련된 국방위원회에 몸담게 되었다.

현수가 홍 교수를 검색하고 있는 이유는 의정 활동 시작과 거의 동시에 국방부 쪽 비리를 강하게 질타하고 나선 때문이다. 해군의 부력방탄복의 경우 무려 97.5%가 불량이다.

불의를 보면 참지 못하는 성품인 홍 교수의 눈에 띄었으니 대갈일성을 터뜨렸고, 그게 기사가 되었다.

물론 네티즌들의 열화와 같은 호응을 받는 중이다.

"역시 홍 교수님답네."

현수가 입가에 흐뭇한 미소를 머금을 때 박 사장이 묻는다.

"전무님, 강철환 씨 전화가 걸려왔는데 어쩌죠?"

"그래요? 제게 돌려주세요."

현수의 말이 끝나기가 무섭게 유 비서에게 지시를 내린다.

따리링—!

"네, 여보세요."

"아! 그거 통화하기 참 힘듭니다. 나 강철환입니다. 박근홍 사장님이신가요?"

"아뇨. 박근홍 사장님은 외근 중이십니다."

"뭐요? 근데 왜 전화를 바꿔준 거요?"

유소라와 통화를 하면서 박 사장을 바꿔달라는데 전화를 연결한 듯싶다.

"저는 김현수입니다. 전에 한번 뵈었는데 잊으셨습니까? 그리고 항온 전투복에 관한 기술은 저와 관련이 있습니다. 그 부분에 대해선 박 사장님이 아닌 저와 대화를 하셔야 합니다."

"아! 그래요? 그럼 잘되었습니다. 한번 만납시다."

강철환은 상당히 고압적인 언사를 서슴지 않고 있고, 이는 현수의 심기를 건드렸다.

"제가 왜 강철환 씨를 뵈어야 하는지요? 전에 말씀드렸습니다. 다시 뵙고 싶지 않습니다."

"이봐요, 김 전무! 이렇게 나오면 좋지 않습니다. 천지그룹이 제법 잘나가고 있지만……."

강철환의 말을 중간에 끊겼다.

"기무사에서 예편하신 분들은 다 이렇습니까? 대체 뭘 해먹자고 자꾸 전화하는 겁니까?"

"뭐요?"

강철환 역시 심기가 상했는지 언성을 높였다가 잠시 말을 끊는다. 하지만 침묵은 길지 않았다.

"이봐요, 김 전무! 좋은 말로 할 때 그 기술 넘기시오. 그게 국익을 위한 길이오."

"국익이라……."

"지금까지 개발된 기술을 넘기시오. 나머진 우리 쪽에서 완성시키겠소. 완성된 기술로 제품이 만들어지면 그에 상응하는 보수를 지불할 것이오."

강철환이 말을 이으려 할 때 현수가 먼저 입을 열었다.

"항온 유지 기술은 이미 완성되었습니다. 그리고 미군엔 납품하기로 했구요."

"뭐요? 그런데 왜 내게 말을 하지 않았소?"

현수는 어이가 없다는 표정을 짓는다.

"이것 보세요. 우리가 강철환 씨에게 기술이 완성되었음을 알려야 할 의무가 있는 겁니까? 여긴 민간 기업입니다. 그리고 강철환 씨는 현역에 있는 분도 아니고요. 수없이 많은 향

토예비군 중 하나일 뿐입니다. 아닙니까?"

"뭐라고? 어디서 이런……."

"더 할 말 없으니 이만 끊습니다. 그리고 다시는 전화하지 마십시오. 강철환 씨처럼 안하무인인 분하고는 대화도 하기 싫습니다. 아시겠습니까?"

"뭐라고? 네놈이 감히……."

"감히는 무슨……. 이만 전화 끊습니다."

철커덕—!

현수가 수화기를 내려놓자 박근홍 사장이 웃는다. 속 시원하다는 뜻이 담겨 있다.

"그 사람 전화 때문에 노이로제 걸릴 뻔했습니다."

"이런 사람들이 문제지요. 앞으로 이런 사람들이 또 나타나면 모두 제게 넘기세요."

"근데 괜찮으시겠습니까?"

박 사장의 말뜻을 어찌 모르겠는가!

공권력과 결탁한 부정한 세력은 수없이 많다. 시민 단체로 위장한 녀석들도 있고 언론의 모습인 놈들도 있다.

강철환처럼 막후에 머무는 것들도 있다.

현수 입장에선 그러거나 말거나이다.

부당하면 까부수고, 불편하게 하면 그러지 못하도록 훈계 내지는 징치할 힘이 있다. 그렇기에 태연한 표정이다.

"그러기엔 제가 너무 크지 않았습니까? 국민전무, 국민배우라는 소리를 듣는데 말이지요. 게다가 천지그룹이 뒤에 있지 않습니까. 안 그런가요?"

"무, 물론 그렇지만……. 아무튼 조심하십시오."

"하하, 네에. 걱정해 주셔서 고맙습니다."

현수는 이실리프 어패럴을 떠나 역삼동 이실리프 상사로 이동했다.

"아이고, 사장님! 어서 오십시오."

현수가 택시에서 내리자 관리실장 곽인겸이 직각으로 허리를 꺾는다. 전과 같은 불상사가 일어나지 않게 미리 연락해 둔 결과이다.

"하하! 네에, 안녕하시죠? 그리고 별일 없으시죠?"

"그럼요. 사장님 덕분에 요즘 두 발 쭉 뻗고 삽니다."

"민 실장은 안에 있죠?"

"네, 제가 모시겠습니다."

곽인겸이 엘리베이터 홀까지 안내하는 동안 나와 있던 경비실 직원들이 허리를 꺾는다.

훌륭한 일터를 준 사업주에 대한 마음이 담긴 예절이다.

땡ㅡ!

스르르르릉ㅡ!

"어서 와!"

"어서 오십시오, 사장님!"

엘리베이터 문이 열림과 동시에 민주영이 가볍게 고개를 숙인다. 곁에 있던 윤성희 비서가 깊숙이 허리를 숙인다.

"그래, 잘 있었지? 윤 비서님도 안녕하죠?"

"어머! 그럼요."

"자, 안으로 들어가자."

"그라!"

사장실로 들어가고 얼마 지나지 않아 상당히 많은 사람을 만났다. 모두 이실리프 상사의 직원들이다.

분야별 책임자들을 소개받는 데만 한 시간 가까이 걸렸다.

이미 일반적인 회사의 범주를 넘어선 때문이다.

콩고민주공화국에 만들어질 이실리프 농산은 3,000㎢이다.

별도의 이실리프 축산과 농장은 합계 1,500㎢이다.

두 곳 모두 콩고민주공화국의 국내법이 적용되지 않은 치외법권 지역이다.

서울특별시의 면적은 605.33㎢이다. 비날리아 지역에 만들어질 이실리프 농산은 이것의 다섯 배 넓이이다.

유럽의 룩셈부르크[9]와 거의 같은 면적이다.

반둔두 지역에 만들어질 이실리프 축산과 농장은 모나

---

9) 룩셈부르크 대공국(Grand Duchy of Luxembourg):독일과 프랑스 사이에 위치하며, 인구는 48만 6,000명(2008년 기준), 수도는 룩셈부르크(Luxembourg)이다.

코10)보다 약간 작다.

따라서 두 군데에 각기 하나의 국가를 새롭게 건설하는 상황이나 마찬가지이다. 당연히 수많은 관리부서가 필요하다.

민주영은 현재에도 직원들을 뽑고 있다면서 도와달라는 표정이다. 하지만 그런 일에 시간을 보낼 수 없다고 잡아뗐다.

"본격적으로 벌목하고 부지 정리해야 하니까 각종 장비 수급 및 원자재 조달에 조금 더 신경 써."

"알았어. 근데 그 많은 돈이 대체 어디서 오는 거냐?"

민주영은 작심했다는 듯 현수를 바라본다. 그동안 몹시 궁금했던 점이다. 이실리프 상사는 후원하는 회사가 없다. 완전히 김현수 100% 자본인 개인 회사이다.

같이 대학을 다녔던 동기로서 김현수가 어려웠다는 것을 누구보다도 잘 안다. 그런데 갑작스레 상상을 초월한 사업을 벌이기에 묻는 말이다.

"내가 러시아와 교역하는 건 알지?"

"그래, 드모비치 상사라는 곳으로 매월 5천만 달러어치씩 수출하는 건 안다. 근데 그것만으론 설명이 부족하잖아."

"이달부터는 1억 달러로 늘었다. 그리고 콩고민주공화국의 천지약품에서도 꽤 많이 벌어."

---

10) 모나코 공국(Principality of Monaco):지중해 연안의 프랑스와 이탈리아 접경 지역에 위치. 인구 2만 2,409명(2005년 현재), 수도는 모나코(Monaco)다.

"그걸로도 부족해."

"휴우! 좋다. 대신 지금부터 내가 하는 얘기 듣고 누구에게도 말을 하면 안 된다. 알았지?"

"맹세할게. 말해봐. 그 많은 돈 대체 어디서 나는 거냐?"

"레드 마피아와 푸틴!"

"뭐어?"

민주영은 화들짝 놀라는 표정을 짓는다. 상상조차 못한 일인 때문이다.

"드모비치 상사는 레드 마피아 소유다. 그리고 러시아에 갔다가 우연히 메드베데프를 구해준 적이 있어. 그게 인연이 돼서 푸틴까지 만났다. 여기까지만 하자."

"정말이냐?"

"그래. 조만간 엄청나게 큰 공사 하나를 더 터뜨릴 거야. 그러니 그때까진 입 다물고 있어라. 알았지?"

"그, 그래!"

푸틴이라는 절대 권력자의 이름을 들어서인지 주영은 더 이상 묻지 않는다. 이쯤해서 쐐기를 박아야 한다.

"이은정 실장님에게도 말하지 마라. 네 입이 얼마나 싼지 이번에 시험 한번 해보자."

"알았다, 알았어. 그나저나 상렬이에게 전화 한번 해줘라."

"왜?"

"얘기 들었다. 근데 네가 너무 큰 걸을 물어줘서 소화를 못 시키고 있다. 늑대밖에 안 되는데 맘모스를 물어다 주면 어쩌란 말이냐?"

"늑대? 맘모스?"

"그래! 복합운송주선업 서열 100위에도 못 끼는 놈에게 너무 큰 걸 물어다 줬잖아. 컨테이너선사 세계 2위와 3위를 한꺼번에 소개해 주면 어쩌냐? 지금 과식으로 소화 불량이란다. 통화 한번 해줘라."

민주영은 지금 친구로서 현수에게 이야기하는 것이다.

"오냐. 알았다. 통화하지."

말을 마치자마자 전화를 걸었다.

띠리리리, 띠리리링―!

촌스럽게 녀석의 컬러링은 누군가 더듬더듬 연주한 '엘리제를 위하여' 피아노 연주곡이다.

"어! 현수냐?"

"오냐, 엉아다! 요즘 소화 불량이라며?"

"소화 불량? 뜬금없이 웬 소화 불량?"

"주영이가 그런다. 혼자 먹기 너무 큰 게 한꺼번에 둘이나 와서 힘들다며?"

"아, 그거? 아무튼 고맙다. 며칠 전에 주영이랑 한잔하면서 내가 괜한 소릴 했나 보다."

"힘들면 얘기해. 도와줄 테니."

"도와줘?"

"그래! MSC사랑 CMA 오머런이 널 힘들게 하냐?"

"아니! 그쪽은 전혀 부담이 안 돼. 내가 준비가 덜 되어 있어 그러지."

"그러니까 네 캐퍼서티(Capacity)에 문제가 있다는 거지?"

"솔직히 그렇다. 인력도 그렇고 두루두루 내가 좀 부족하다."

"근데 그거 돈만 있으면 해결되는 거냐?"

"그래. 근데 은행에서 대출받기 너무 힘들다."

김상렬은 푸념하듯 어려움을 토로했다.

아무런 담보도 제공 못하는 복합운송주선업체는 은행에서 볼 때 대출을 꺼려 할 수밖에 없는 거래처이다.

더구나 대한민국 복합운송업체 서열 100위에도 끼지 못하는 신세계마리타임이 전 세계 컨테이너선사 서열 2위와 3위의 대리점이 되었다는 것은 상식적으로 납득되지 않는다.

그렇기에 신세계마리타임으로부터 신용대출 신청을 받았지만 승인되지 않았다.

은행 내부적으로는 서류 조작 내지는 사기인 것으로 판단한 것이다. 그간의 거래 실적이 시원치 않았던 것도 한몫했다.

세계적인 컨테이너선사인 MSC사, 그리고 CMA 오머런과

본격적인 거래를 하려면 그만한 능력을 갖춰야 한다.

인력은 물론이고 합당한 경제적 능력 및 기타 등등이 뒷받침되어야 한다.

이 모든 것을 해결하기 위해 필수불가결한 가장 대표적인 것이 돈이다. 문제는 그 돈이 없다는 것이다.

김상렬이 살고 있는 집은 이미 최대한 담보가 잡혀 있어 더 이상의 가치가 없다.

그렇다 하여 회사에 다른 부동산이 있는 것도 아니다.

직원은 더 뽑아야 하지만, 그를 수용할 사무실은 넓힐 수 없는 상황이다. 운송을 위한 차도 필요하고, 컨테이너도 훨씬 많이 필요하다. 모든 건 돈으로 직결된다.

근데 그 돈을 마련할 길이 없다.

그렇기에 주영과 만나 신세한탄을 했던 것이다.

물론 현수에게서 어떤 도움을 받으려고 한 말은 아니다. 그만한 양심은 있기 때문이다.

"근데 필요한 돈이 얼마냐?"

"왜, 빌려주려고? 하긴 연봉이 60억이니 10억쯤은 금방 빌려줄 수 있겠구나. 그래, 나 10억쯤 필요하다. 빌려줄래?"

상렬은 아직 밤이 되려면 멀었음에도 이미 혀 말린 소리를 하고 있다. 돈을 구하려 아무리 애를 써도 그러지 못한 것이 속상해 점심 먹으며 한잔한 때문이다.

현수의 전화를 받기 전 상렬은 신세계마리타임을 다른 복합운송주선업체 사장에게 팔 생각을 품었다. 자신보다는 자금 동원력이 낫다고 생각하던 사람이다.

친구가 애써서 체결해 준 계약을 돈 몇 푼 받고 팔아넘겨야 하는 현실이 너무도 싫었다. 그것을 잊기 위핸 주영을 불러 한잔했는데 하다 보니 조금 과해진 것이다.

"진짜 10억이면 되냐?"

"그럼, 충분하고말고. 나 10억만 있으면 산다. 현수한텐 미안하지만 그 돈 없으면 회사 팔아야 하거든. 주영아, 나 있잖아, 현수한테 정말 미안하다. 그놈이 뭐처럼 힘써줘서 정말 괜찮은 회사들을 물어줬는데……."

"……!"

"크흐흐, 내가 모자라서 어쩔 수 없다, 주영아. 나중에라도 이 얘기 현수에게 하지 마라. 알았지?"

상렬은 술에 취해 주영과 통화하는 것으로 잠시 착각한 듯 싶다. 그러면서 감정이 격해지는지 흐느끼는 소리를 낸다. 아무튼 상렬의 말은 이어진다.

"나 진짜 현수한테 너무 미안하다. 친구 도와주려고 애썼는데 그걸 내가 못 받아먹는다. 능력이 없어서. 나 병신이지?"

"……!"

"나 회사 팔면 잠수 탈 거다. 혹시 현수가 물어보면 나 없어졌다고 해라. 나 미안해서 그 새끼 전화 못 받는다. 알았지? 야, 나 전화 끊는다. 오줌 마려서 화장실 가야겠다."

상렬은 진짜 전화를 끊었다.

"……!"

잠시 아무런 말도 없던 현수가 주영을 바라본다.

"10억이라는데 그냥 도와주지 그랬냐? 나중에 나한테 얘기하면 되잖아."

"야! 10억이 뉘 집 애 이름이냐? 연봉 5천만 원짜리 월급쟁이에겐 20년 치 월급이다. 근데 어떻게 내 맘대로 하냐?"

"그래도 그렇지. 신세계마리타임은 우리 회사 업무와도 관련이 있잖아. 드모비치 상사로 보내는 것도 그렇고 콩고민주공화국으로 물건 보내는 것도 걔가 중간에서 다 해주잖아."

"신세계마리타임이 이실리프 상사의 계열사라면 그렇게 할 수도 있다. 하지만 엄연히 남이다. 내 돈도 아닌데 난 그런 횡령을 할 수 없어."

"……!"

주영의 표정을 본 현수는 알았다는 듯 고개를 끄덕였다.

"하긴. 그래, 이래서 내가 널 믿는다. 알았다. 그리고 고맙다. 그래, 네 판단이 옳았어."

"……!"

CHAPTER 09
국수 언제 먹여줄래?

"근데 상렬이 계좌번호는 아냐?"

"그걸 내가 어떻게 아냐? 내가 해줄 수도 없는데."

"오냐, 물은 내가 바보다. 알았어. 이 건은 내가 해결할게."

"도와줄 거지? 고맙다, 친구야!"

"널 도와줄 것도 아닌데 네가 왜?"

"우린 친구니까!"

주영은 아주 간단히 대답했다. 그런데 여운이 아주 길다.

"…그래, 우린 친구지. 그래서 도와준다. 아주 화끈하게. 대신 네가 할 일이 있다."

"뭔데?"

"상렬이 술 깨면 은행 계좌번호 물어봐라. 내가 이은정 실장에게 얘기해 놓을 테니 알려줘."

"10억 다 빌려주게?"

"너 상렬이 성품 몰라? 그놈이 말한 10억은 쥐어짜고 쥐어짜서 만든 금액이야. 모르긴 몰라도 50억은 있어야 운신하기 편할 거다."

"50억이나?"

"요즘 트레일러 값이 한 대에 1억 2천을 넘는다. MSC와 CMA 오머런의 물량을 소화하려면 열 대가 있어도 어림없구. 그리고 네가 상렬이었어도 난 그렇게 한다."

"고맙다, 친구!"

"오냐. 나 배고프니까 국수나 빨리 먹여주라."

"어? 배고파? 뭐 시켜줄까? 이 동네 음식 잘하는 집 많다."

"에라, 이놈아! 이 실장님 앞날이 뻔하다. 결혼을 말려?"

"뭐? 그럼 그 국수라는 게⋯⋯?"

"그래, 인마! 빨리 결혼해라. 그게 날 도와주는 거다."

"짜식이! 우리 부부를 평생 부려먹으려고."

주영은 짐짓 불쾌하다는 표정을 짓는다. 어찌 그 속을 모르겠는가! 속으론 몹시 고마워하고 있다.

"후후, 짜샤! 이런 걸 일석이조라고 한다. 아무튼 난 간다.

열심히 일해서 이실리프 상사를 반듯하게 만들어. 알았지?"

"오냐. 그렇게 해주마."

주영이 환히 웃는다.

"그리고 괜히 쫀쫀하게 굴지 마라. 우리 회사 돈 없는 회사 아니다. 돈 필요하면 언제든 말해. 아까도 말했지만 조만간 돈에 구애받지 않는 상황이 될 거다."

"오냐. 펑펑 써서 아예 거덜 내주마."

"그래, 친구야! 근데 거덜은 내지 마라."

"짜식! 그래도 겁은 먹네. 오냐. 알아서 살살 써줄게."

"하하! 그래, 아무튼 조만간 국수 먹자."

"너나 사라, 인마!"

환히 웃는 민주영을 뒤로하고 나온 현수는 곧장 광주에 있는 울림네트워크 공장으로 향했다.

가면서 박동현 대표와 통화를 했다.

*　　　*　　　*

"어서 오십시오."

"어서 와라. 오랜만이다."

"네, 대표님. 그리고 선배님은 정말 오랜만입니다."

"그래, 네 덕에 우리 회사 살아났다. 고맙다."

"고맙기는요."

현수는 오랜만에 만난 선배와 반가운 해후를 했다. 그리고 얼마 후 트렁크에 실린 엔진을 꺼냈다.

한국에 도착한 직후 현수는 천지건설 본사 옥상으로 향했다. 물론 텔레포트 마법을 썼다.

꽤 널찍한 옥상은 인적이 끊긴 곳이다. 지난해 신병을 비관한 직원 하나가 투신자살을 한 때문이다.

그날 이후 신형섭 사장은 전 직원 옥상 출입 금지를 명했다. 그렇기에 아무도 드나들지 않는 곳이다.

어제 현수는 이곳에서 타임 딜레이 마법을 구현시킨 후 여러 가지 실험을 한 바 있다.

생각난 김에 엔진 개조 작업의 끝을 본 것이다.

"늦어서 미안합니다."

"아이고, 아닙니다. 한밤중이라도 상관없습니다."

조립팀원들이 말은 이렇게 했지만 어찌 진심이겠는가!

"사장님, 저 대신 조립팀 회식시켜 주실 거죠?"

"아이고, 그럼요. 오늘 당장, 아니, 오늘은 안 되겠네요. 내일 저녁에 삼겹살 회식합니다."

박동현 대표가 짐짓 너스레를 떤다.

"에이, 그거 갖고 되나요? 한우 등심으로 회식하세요. 비용은 제가 댈 겁니다."

"하하! 그래주시면 저도 오랜만에 포식하겠습니다."

"네에, 그러세요. 그리고 이 엔진을 장착시킨 후 연비 테스트를 해주세요."

"알겠습니다."

대답을 마친 조립팀은 현수를 태우고 온 화물차 적재함에서 엔진을 하차시켰다.

"결과는 내일 오전이면 나오겠죠?"

"그럼요. 오늘 밤 안에 끝내도록 하겠습니다."

현수는 최종적으로 손본 엔진이 장착되는 과정을 눈여겨 살폈다. 그러면서 김형윤 상무와 여러 의견을 주고받았다.

새로 만들 엔진 생산 공장과 관련된 이야기였다.

디리리리링! 띠리리리링! 띠리리링!

전화벨이 한참을 울리고야 전화를 받는다. 그리곤 착 가라앉은 음성이 들렸다. 권지현이다.

"네에, 중앙지검 사무국 권지현입니다. 누구시죠?"

"아! 다행히 바로 받네요. 김현숙니다. 통화 가능해요?"

"…네, 말씀하세요."

권지현은 일부러 그러는지 다분히 의례적인 음성이다.

"대화를 했으면 하는데 시간 내주실 수 있습니까?"

"…네. 어디로 몇 시에 가면 되죠?"

바로 답하지 않고 잠시 뜸 들이는 게 유행인 듯 묻는 말에 곧바로 답하지 않는다.

"대치역 4번 출구 근처에 일리야라는 레스토랑이 있어요. 거기서 만나죠. 7시쯤 시간 돼요?"

"알았어요. 그때 뵙죠."

다분히 사무적이라는 느낌이 들었지만 개의치 않았다.

현수는 오늘 권지현과 끝장을 볼 생각이다.

사내로서 여자에게 주도권을 주고 빌빌거릴 생각은 없다. 되면 되고 안 되면 만다는 생각이다.

부모님이 좋아하시는 것은 알지만 '내 인생은 내 것'이라는 생각이다. 따라서 내키는 대로 할 생각인 것이다. 그렇기에 전전긍긍하는 모습이 아닌 당당한 음성으로 통화한 것이다.

전화를 마친 현수는 경기도 광주에서 출발하여 일리야까지 택시를 타고 왔다. 도착 시각은 오후 6시 55분이다.

"다행히 늦지는 않았군."

이곳까지 오는 내내 현수는 다짐을 했다.

지현에게 일찌감치 상황을 알리지 못한 것은 사과할 일이다. 하지만 일부러 그런 것은 아니다.

좋아하는 감정은 있지만 그건 미안해할 일이 아니다. 사람이 다른 사람에게 호감을 갖는 것은 자연스런 일이기 때문이다.

입구에 당도하니 웨이터가 환히 웃으며 맞는다.

"어서 오십시오, 손님! 예약하셨습니까?"

"네, 김현수로 예약했습니다."

웨이터는 이름을 듣자마자 예약 리스트를 재빠르게 훑는다.

"네에, 확인되었습니다. 안내하겠습니다."

웨이터의 정중한 안내를 받아 2층에 올랐다. 현수가 안내받은 방엔 블랙로즈라는 팻말이 붙어 있다.

이곳에 와본 적은 없지만 일부러 이 방을 예약했다. 복선이 깔린 행동이다.

복도를 걸으며 보니 룸이라 되어 있는 것들은 실제로 격리된 공간이 아니라 커튼을 내리면 외부와 차단되는 형식이다.

아마 법적인 문제 때문일 것이다.

자리에 앉자 정중히 묻는다.

"손님이 더 오십니까?"

"네, 금방 올 겁니다. 오면 그때 주문하죠."

"알겠습니다."

웨이터는 물만 한 잔 남겨놓고 자리를 떴다. 그리고 얼마 후 누군가 다가오는 소리가 들린다. 시계를 보니 정확히 7시다.

고개를 내밀어보니 권지현의 모습이 보인다. 화를 내는 건지 긴장을 한 건지 알 수 없는 굳은 표정이다.

"주문해 주시겠습니까?"

지현이 자리에 앉자 웨이터가 메뉴판을 내민다. 살펴보니 몇 가지 요리밖에 없다.

"나는 A코스 안심 스테이크로 하겠습니다. 지현 씨는요?"

"저는 B코스로 주세요."

"알겠습니다. 와인은 필요 없으십니까?"

"적당한 것으로 주십시오."

"알겠습니다."

주문 받은 웨이터가 사라지고 난 뒤로도 룸은 침묵에 싸여 있다. 하지만 그 시간은 그리 길지 않았다.

"언제 귀국하셨어요?"

"조금 전에요. 공항에서 이리로 곧장 왔습니다."

현수는 선의의 거짓말을 했다.

"여긴 어떻게 아시는 거예요?"

지현이 레스토랑의 분위기 및 인테리어를 살피며 물은 말이다. 평범한 월급쟁이가 드나들 만한 곳은 아니다.

조금 전 주문한 안심 스테이크 A코스는 세전 가격만 21만 원이다. B코스는 18만 원이다. 둘이 한 끼 먹는다면 부가세 포함 42만 9천 원이다. 서민들이 드나들 레스토랑은 아닌 셈이다.

"오면서 인터넷 검색을 했습니다. 지현 씨와 조용히 대화할 만한 곳을 뒤져 보니 이곳을 추천한 사람들이 많더군요. 안심 스테이크가 일품이라고 해서 정했습니다. 괜찮죠?"

"네, 좋아 보이네요."

또 한동안 어색한 침묵이 흘렀다. 하지만 이번에도 금방 깨졌다. 웨이터가 음식을 내오기 시작한 때문이다.

메인 디쉬가 나오자 웨이터가 허리를 숙인다.

"다 드신 후 벨을 울리면 후식을 내오겠습니다. 즐거운 시간 가지시길 빕니다."

"고마워요."

지현은 역시 예의 바른 여인이다.

스테이크를 다 먹도록 또 무거운 침묵이 흘렀다. 벨을 울리니 웨이터가 왔고, 둘은 각기 원하는 후식을 주문했다.

그것마저도 다 먹도록 별 이야기 없었다. 음식 맛에 대한 의미 없는 대화를 주고받았을 뿐이다.

또 벨을 울리고 커피를 주문했다.

잠시 후, 따뜻한 잔을 두 손으로 쥐고 있는 지현의 모습이 왠지 처연하고 쓸쓸해 보인다.

"저녁 괜찮았어요?"

"네, 좋았어요. 현수 씨는요?"

"나도 괜찮았어요. 근데 나한테 묻고 싶은 거 없어요?"

"네, 없어요. 그날 연희 씨와 이리냐 씨로부터 다 들었어요."

지현은 이 말을 끝으로 시선을 내린다.

현수는 잠시 이런 모습을 지켜보았다. 그러다 큰 숨을 내쉬며 허리를 폈다.

"지현 씨."

"네?"

지현이 시선을 마주친다.

"나는 지현 씨를 갖고 싶어. 내 아내가 되어줘."

"……!"

왜 갑작스레 반말이며 두 여자, 아니, 시중드는 하녀까지 다섯 여자나 있으면서 왜 이러느냐는 표정이다.

"연희와 이리냐는 지현이를 큰언니로 인정했어."

"……!"

여전히 대꾸하지 않는다.

"거절한다면 우린 다시 보지 못할 거야."

"현수 씨, 대한민국은 일부일처제예요."

"콩고민주공화국은 일부다처제이지. 그리고 일부일처제가 진리라는 증거는 어디에도 없어. 서로 화목하면 그만 아닌가?"

"……!"

"물론 사회적 관습을 깨는 말이라는 건 나도 알아. 염치없다는 것도 알고. 근데 난 당신이 좋아. 연희도 좋고 이리냐도 좋아. 다 포기할 수 없어. 내 아내가 되어줘."

"현수 씨……!"

지현은 대체 왜 이렇듯 막무가내냐는 표정이다.

"……!"

현수 또한 아무런 말도 하지 않고 지현을 응시했다.

그렇게 묵직한 시간이 흘렀다. 이 시간은 한 여인의 운명을 결정하는 시간이었다. 마침 스피커에서 그룹 Chicago의 'If you leave me now'가 흘러나온다.

If you leave me now
You'll take away the biggest part of me.
Ooh, no Baby, please don't go.
만약 당신이 지금 날 떠난다면
당신은 나의 가장 커다란 부분을 앗아가는 거랍니다.
오, 그대여, 제발 가지 말아요.

And if you leave me now
You'll take away the very heart of me.

Ooh, no Baby, please don' t go.

Ooh, girl I just want you to stay.

만약 당신이 지금 날 떠난다면

당신은 나의 가장 소중한 부분을 앗아가는 거지요.

오, 그대여, 제발 가지 말아요.

오, 그대여, 제발 머물러 줘요.

"이 방의 명칭이 뭔지 알아?"

"오면서 보니 블랙로즈라고 되어 있더군요."

역시 기억력 좋다. 그러니 행시를 패스했을 것이다.

"그럼 그 꽃의 꽃말은?"

"…글쎄요?"

"블랙로즈의 꽃말은 '당신은 영원히 나의 것!' 이야. 행복하게 해줄게. 나랑 결혼해 줘."

"…쳇, 이렇게 쉽게 풀어주면 난 뭐가 돼요? 동생들한테 그렇게 화를 내고 왔는데."

투덜거리고 있지만 어찌 그 뜻을 모르겠는가!

동생들이라는 말에 이미 모든 것이 담겨 있다는 것을 머리 좋은 현수는 금방 알아들었다.

그렇기에 조금 여유를 갖고 대꾸했다.

"뭐가 되긴, 도도한 언니? 겁나는 언니? 뭐, 이런 거 아니겠어? 큰언니로서 카리스마는 세운 셈이야."

"정말 날 행복하게 해줄 자신 있어요?"

"애를 열쯤 낳게 해달라면 얼마든지."

"치이! 정말 못됐어요. 여자 마음을 살살 달래주는 게 아니고 '하려면 하고 말래면 말아!', 이러는 남자가 어디 있어요?"

"내가 그랬어?"

"아까 그랬잖아요. 오늘 거절하면 다시는 못 볼 거라고."

지현이 투정 부리듯 볼살을 부풀린다. 어찌 귀엽지 않겠는가!

"이리 와. 아니, 내가 갈게."

현수는 건너편으로 자리를 옮겼다. 그리곤 지현을 보듬어 안았다.

"사랑해. 잘해줄게."

"치이, 얼마나 울었는지 알아요? 흐흑! 흐흐흑!"

생각해 보니 새삼 격정이 솟구치는 듯 어깨를 들썩이며 흐느낀다. 현수는 가만히 보듬고 있으며 등을 토닥였다.

그렇게 5분쯤 지나자 들썩이던 어깨가 잦아든다.

"정말 잘해줄 거예요?"

"그래."

"치이, 그 말을 어떻게 믿어요?"

"날 못 믿어?"

"네, 못 믿어요. 나 빼고 연희도 있고 이리냐도 있는데. 내가 제일 못났잖아요. 연희와 이리냐는 너무나 예쁘고 어리고 날씬하잖아요."

"흐음, 그게 핸디캡이었어?"

"네, 솔직히 난 걔들하고 비교가 안 되잖아요."

"아냐. 지현이도 예뻐."

현수의 말에 지현이 몸을 떼며 입술을 삐죽인다.

"치이, 또 입에 발린 거짓말."

"나 거짓말한 적 없는데?"

"……!"

생각해 보니 그러기에 지현은 잠시 대답하지 않았다.

"오늘 집에 들어가지 마."

"네?"

"연희나 이리냐보다 먼저 아기를 낳으라고."

"어머!"

지현은 화들짝 놀라는 표정을 짓는다. 하지만 고개를 좌우로 흔들지는 않았다.

"내가 지현이를 책임지겠다는 뜻이기도 해. 아버님께 전화드려 허락을 구할까?"

"어머! 치잇, 또 장난인 거죠? 잠시 진짜 줄 알고 고민했잖아요."

지현의 말에 현수는 말없이 전화를 꺼내 번호를 눌렀다.

따리리링! 따리리링!

착신음이 들린다. 권철현 고검장님의 착신음은 러시아 체첸 지방 민요인 백학이다. 한때 모래시계라는 드라마의 OST로 사용되었던 곡이다.

아주 굵직한 저음이 인상적인 이 곡은 체첸 유목민 전사들의 안타까운 영광된 죽음을 찬미하는 것이다.

라술 감자토비치 감자토프(Rasull Gamzatovich Gamzatov)의 음유시를 가사로 한 러시아 가요이기도 하다.

굵직한 저음의 주인공은 1989년 러시아 국회의원 당선자 이오시프 코프존(Losif Kobzon)이다.

현수는 오랜만에 기분 좋은 음악을 감상했다. 곡이 끝나갈 즈음 전화를 받는다.

"여보세요. 권철현입니다."

"아! 안녕하세요, 아버님? 저 김현숩니다."

"누구? 아, 김현수? 오, 그래, 귀국했나?"

심하게 반기는 음색이다. 현수는 지현을 보며 의미심장한 미소를 짓고는 말을 이었다.

"네, 오늘 귀국했습니다. 건강하시죠?"

"그럼. 자네 하는 일은 잘되고?"

"네, 다 잘되고 있습니다. 근데 너무 바빠서 며칠 있다 또 출국해야 할 것 같습니다."

"그런가? 젊어서 바쁜 건 좋은 거네. 늦었지만 전무이사 된 거 축하하네. 참, 지현이랑 통화는 했나?"

"그럼요. 지금 같이 있습니다."

"하하, 그래? 요즘 뭔 일이 있는지 좀 침울했는데 자네가 왔으니 이제 한시름 놓겠구먼."

"그랬어요? 근데 아버님."

"그래, 말하게."

"저 아직 집에 못 들어갔는데 저희 날짜 잡은 거 진짭니까?"

"그래, 사돈어른께서 크리스마스이브가 기억하기 좋은 날이라며 그날로 하자고 말씀하셔서 그렇게 정했네."

"그렇군요."

"준비는 우리가 할 테니 자넨 몸만 오면 되네."

"네, 알겠습니다. 감사합니다, 장인어른!"

"뭐, 장인어른? 핫핫! 그거 듣던 중 반가운 소리네. 하하, 여보! 김 서방이 지금 내게 장인어른이라 했어."

통화하다 말고 장모님과 대화도 하시는 모양이다.

"장인어른, 오늘 지현이 집에 늦게 보내도 됩니까?"

"아암, 그렇고말고! 지현인 이제 자네 사람이네. 이제 지지고 볶든 둘이 알아서 잘 하게. 하하! 하하하!"

"네에, 알겠습니다. 감사합니다, 장인어른!"

"오! 그래, 그래! 하하! 하하하!"

전화를 끊으려는 순간 권 고검장의 음성이 들린다.

"여보, 술상 봐. 사위 보는 기분이란 게 이런 거였어. 하하!
하하하!"

통화하는 내내 숨소리마저 죽이고 대화 내용을 듣고 있던
지현의 두 볼이 붉게 달아 있다.

조금 전 마신 와인 때문만은 아니다.

"들었지? 오늘 집에 못 들어가."

"…정말 안 보낼 거예요?"

"그래. 흐음, 오늘 날짜는 2013년 10월 16일이군. 기억해
둬. 내가 처음으로 지현이를 가진 날짜니까."

"치잇! 바람둥이같이. 다른 여자에게도 늘 이런 식이
었죠?"

"이런 식이라니? 오늘은 내가 이 세상에 태어나 처음으로
여자라는 생물과 자보는 날이야. 근데 바람둥이라고?"

"네에?"

"설마 지현인 나 말고 다른 남자랑 자본 거야? 아! 그래서
이러는구나? 미안해. 난 진짜 여자랑 처음으로 같이 밤을 보
내는 거거든."

"정말이에요? 연희도 있고 이리냐도 있잖아요."

지현의 음성은 어느새 조그맣게 줄어 있었다. 혹여 누가 들을까 싶다는 듯 밖의 동정까지 살핀다.

"그래. 그런데도 지현이가 내 첫 여자야."

"……!"

"그래서 몹시 서툴 거야. 경험 많은 지현이가 이해하도록."

"치잇! 나도 처음이에요. 근데 서툰지 어떤지 내가 어떻게 알아요? 어머! 하여간 말하는 거 보면 진짜 바람둥이 같아."

"그래?"

"생각해 보니 바람둥이 맞네. 나 말고 연희도 있고 이리냐도 있으니. 그때 본 그 아가씨들은 진짜 아닌 거죠?"

"누구? 알리사?"

"그래요? 아주 늘씬하고 잘빠진 하녀 알리사요."

"당연하지. 내가 무슨 짐승인 줄 알아?"

"치잇, 여자가 셋이면 짐승이죠."

"그래? 그럼 오늘 짐승과 함께 밤을 보내겠네? 기대해."

잠시 후 둘은 레스토랑을 나섰다. 그리곤 워커힐로 향했다. 가는 동안 룸을 예약했다.

한강의 멋진 전망을 한눈에 볼 수 있는 여유로운 공간이라는 안내를 받고는 메튜 룸이란 곳을 예약했다.

예약했던 객실에 들어서기 전까지는 그야말로 화기애애했다. 그런데 문이 닫힌 직후부터 정적이 흐른다.

분위기를 깨기 위해 말을 꺼냈는데 상투적이 되어버린다.

"내가 먼저 씻을게."

"치잇, 바람둥이!"

그러거나 말거나 들어가 샤워를 했다. 그리곤 보란 듯이 샤워 타월로 하체만 가리고 나왔다.

"어머, 현수 씨!"

지현의 눈이 현수의 상반신을 누빈다. 조각 같은 근육으로 다져진 상체에 어찌 시선이 가지 않겠는가!

"난 시원한 맥주 한잔하고 있을게. 지현이도 샤워해."

"아, 알았어요."

지현이 당황한 표정을 지으며 욕실로 들어간다. 이런 뒷모습을 보며 현수는 싱긋 미소 지었다.

현수는 냉장고에서 맥주를 꺼내 들이켰다. 실내등을 끄니 창밖 풍경이 제법 괜찮다.

"흐음, 결혼을 하게 되긴 하나 보네. 그러려면 집이 하나 있어야지? 이참에 하나 마련해야겠어."

현수는 잠시 미래에 살 집을 생각해 보았다. 물론 기준은 킨샤사와 모스크바의 저택이다.

잠시 후, 현수는 벗었던 의복을 모두 입었다. 이곳에 오기는 했지만 지현과 첫날밤을 보내려는 것은 아니기 때문이다.

지현과의 관계 개선과 미래에 대한 확약이 목표인 것이다.

아무튼 또 하나의 맥주 캔을 비웠다.

삐이꺽—!

문이 열리고 지현이 나온다. 보아하니 샤워한 것 같지 않다. 입었던 옷 그대로이다.

"현수 씨, 미안해요."

몹시 부끄럽고 애처로운 표정을 짓는다. 속내를 짐작하지만 어찌 이런 기회를 놓치겠는가!

현수는 부러 심각한 표정을 짓는다.

"흐으음! 결국 나와 결혼하지 않기로 결심한 거야?"

"아, 아니에요. 그게 아니라……."

"아닌데 왜? 아버님께도 허락받은 일인데 지현이가 싫은 거잖아, 지금. 알았어. 없었던 일로 하자."

현수는 짐짓 화난 척 자리에서 일어나 바깥쪽으로 향했다. 그런 현수를 지현이 와락 껴안는다.

"현수 씨, 가지 마요. 나, 겁나서 그래요. 처음 그러면 너무 아프다고……. 나 겁나요. 그렇지만 참을게요. 알았어요. 조금만 기다려요. 진짜 샤워하고 나올게요."

"……!"

현수는 냉혈한처럼 아무런 대꾸도 하지 않았다. 그러거나 말거나 지현은 얼른 욕실로 들어간다.

현수는 안다. 잠시 후 지현이 또 그냥 나오리라는 것을.

웃겼지만 꾹 참고 맥주 한 캔을 또 비웠다. 예상한 대로 지현은 또 그냥 나온다.

"혀, 현수 씨……."

현수는 지현의 말을 끊고 성큼성큼 걸었다.

"나 갈래."

"아아, 안 돼요. 가지 마요. 흐흑! 가지 마요. 가지 말란 말이에요. 흐흐흑! 무서워서 그러는 건데. 행복하게 해준다면서… 무섭게 왜 이래요? 흐흑! 지현인 이제 현수 씨 없으면 못 사는데……. 흐흑! 흐흐흑!"

나이 찬 여자답지 않게 여려도 너무나 여린 모습을 보인다. 이런 여자에게 너 말고 두 여자가 더 있다는 말을 듣게 했다.

인간으로서 미안한 기분이 들었기에 현수는 가만히 보듬어 안으며 토닥였다.

"알았어. 오늘은 그냥 잘게."

"흐흑! 미안해요. 흐흑! 흐흐흑! 다음엔, 다음엔 꼭……."

"그래, 알았어. 이제 진정해. 좋아, 오늘은 손만 잡고 잘게. 오빠 믿지?"

"…치이, 이 바람둥이."

현수의 농담에 지현은 금방 진정했다. 둘은 불 꺼진 방에서 맥주 몇 캔을 비웠다. 그러는 사이에 지현은 샤워를 했다.

　밤이 깊어지자 잠자리에 들었다. 침대는 하나뿐이다. 누군가 소파를 이용하지 않는다면 동침할 수밖에 없는 상황이다.

　'오빠 믿지?' 라는 전설처럼 전해지는 뻥이 사실이었는지는 둘만이 알 일이다.

CHAPTER 10
오빠 믿지?

전능의팔찌
THE OMNIPOTENT
BRACELET

짹, 짹, 짹!

새들 지저귀는 소리에 눈을 뜬 현수는 기분 좋은 기지개를
켰다.

곁에는 아직 꿈나라를 헤매는 지현이 잠들어 있다.

가만히 일어나 세수를 하고 모닝커피를 만들었다.

샤워 가운을 걸친 채 소파에 앉아 신문을 보고 있는데 지현
이 일어나는 기척이 느껴진다.

"아함! 어머! 여긴……?"

하품을 하던 지현이 화들짝 놀라는 표정을 짓는다. 늘 잠들

던 자신의 방이 아니라는 것을 깨달은 때문이다.

"잘 잤어?"

"현수 씨?"

"설마 어젯밤 마신 맥주 두 캔에 취해서 나랑 있었던 일을 기억하지 못하는 건 아니겠지?"

"혀, 현수 씨! 우리……."

"그래, 이제 우린 한 몸이야. 지현인 이제 내 여자라고. 환불 안 되니까 그런 줄 알아."

"…네에."

지현이 의외로 순순히 받아들이자 맥이 빠진다.

"조금 있다가 볼일 보러 나가야 해. 지현인 우미내 집에 들러서 해명해 줘."

"치이, 이러려고 여기에 방을 잡았구나? 못됐어, 정말!"

지현이 뾰로통해져 입술을 내민다.

쪽—!

"뽀뽀해 달라는 뜻이었지? 아무튼 잘 부탁해."

"치이, 알았어요. 근데 이런 말 하는 여자 대한민국에 나 하나뿐일 거야."

"그래서 지현일 사랑하는 거야. 자아, 아침 먹으러 가자."

뷔페식 아침 식사를 즐긴 둘은 객실로 되돌아와 이런저런 이야길 했다.

그러던 중 반지 이야기가 나왔다.

근사한 다이아몬드 반지가 동반된 멋진 프러포즈도 못 받아보고 순결을 잃었다며 투덜거린 것이다.

그러고 보니 여러 여인에게 반지를 주었다.

가장 먼저 카이로시아에게 주었고, 로잘린에게도 주었다. 얀센의 어린 아들 다비드도 현수가 준 반지를 끼고 있다.

지구에서는 이리냐에게 주었고, 연희에게도 주었다.

부모님에게도 각기 하나씩 만들어 드렸고, 심지어 강전호의 연인 베아트리체도 마법 반지를 받았다.

이은정 실장과 이지혜, 그리고 김수진 사원도 받았다.

그러고 보니 지현만 빼놓은 셈이다.

미안한 마음이 든 현수는 연희에게 주었던 것과 비슷한 디자인의 반지를 만들기 시작했다.

마법사인 것을 감출 이유가 없는 상황이다.

하여 인라지나 리듀스 같은 각종 마법이 난무했지만 지현은 말없이 지켜만 보았다.

그렇게 시간이 흘러 드디어 완성되었다.

패랭이꽃 모양을 한 작은 반지이다.

겉보기엔 평범하지만 결코 평범할 수 없는 귀한 물건이다.

다섯 개의 잎사귀엔 각각의 마법진이 그려져 있다.

첫째는 면역력 증진 마법인 임플로빙 이뮤너티 마법진이다.

이 반지를 끼고 있는 한 감기 같은 사소한 질병에 시달리는 일은 없을 것이다.

둘째는 바디 리프레시 마법진이다.

오장육부가 전부 늘 건강한 상태를 유지하라는 의미이다.

셋째는 극도의 공포 내지는 불안함을 느낄 때 사방으로 체인 라이트닝이 폭사되는 것이다.

현수의 여인이 되는 순간부터 위험에 노출될 수 있다. 강철환 같은 놈들이 노릴 수도 있기 때문이다.

굳이 이게 아니더라고 지현은 매우 아름다운 여인이다.

재수없게도 성폭행범을 만날 수도 있다. 이때 위기로부터 탈출하도록 인챈트한 것이다.

넷째엔 이 마법이 실현되도록 하기 위해 정신 감응 마법진을 새겨 넣었다.

자칫 불상사를 야기시킬 수 있기 때문이다.

다섯째는 텔레포트 마법진이다.

위기를 겪었는데 또 다른 위기를 겪지 않는다는 보장은 없다.

예를 들어 체인 라이트닝 마법이 구현된 뒤에도 지현의 능력으론 어쩔 수 없는 새로운 어려움에 봉착될 수 있다.

또다시 극도의 공포 내지는 불안함을 느끼게 되면 우미내 집 정원으로 텔레포트되도록 했다.

나중에 도착 좌표만 수정하면 다른 곳으로 순간이동하게 될 것이다.

한가운데 박혀 있는 최상급 마나석은 정말 위급한 순간 지현을 보호하기 위한 앱솔루트 배리어 마법진이 그려져 있다.

비행기 추락이나 교통사고 같은 불의의 사고가 일어났을 때 지현의 몸을 중심으로 60㎝ 이내엔 어떠한 것도 다가가지 못하도록 하는 것이다.

바로 곁에서 수류탄이 터진다 하더라도 안전하다.

하지만 워낙 강력한 마법이기에 세 번까지만 마법이 구현된다. 이후엔 평범한 돌이 되는 것이다.

"알았어, 이게 어떤 건지?"

"정말 이게 그런 거예요?"

지현은 현수가 내민 반지를 보면서 믿을 수 없다는 표정을 짓는다.

"마법 반지 만드는 과정 다 봐놓고도 그래?"

"알아요. 그런데도 안 믿어져서요."

"무슨 일이 있어도 그 반지는 빼지 마. 알았지?"

"네에, 그럴게요."

"그게 내 청혼 예물이야. 마음에 들어?"

"그, 그럼요! 정말 마음에 들어요."

실제로 현수의 솜씨는 나쁘지 않다.

그렇기에 지현의 눈에도 아주 괜찮은 디자인으로 보이고 있다. 하여 진심으로 기쁘다는 표정이다.

"자아, 그럼 청혼을 했으니 키스 한 번!"

"치잇! 바람둥이!"

말을 이렇게 하면서도 지현은 입술을 내민다.

쭈우우욱—!

진한 키스가 이어지는 동안 지현은 까치발을 든다. 드라마나 영화에서 많이 보던 장면이다.

"결혼 예물은 더 좋은 걸로 만들어줄게."

"네에, 고마워요."

호텔을 나서자 현수는 울림네트워크 쪽으로 갔고 지현은 우미내 마을로 갔다.

택시를 타고 가는 중에 집으로부터 전화가 왔다.

"현수냐?"

"네, 어머니!"

"귀국했으면 집부터 들러야지. 아버지 기다리셨는데."

"죄송해요. 바쁜 일이 워낙 많아서요."

"어떻게 새아기를 구워삶았는지 모르지만 잘했다. 결혼 준비는 알아서 할 테니 날짜 맞춰 오너라.

"네, 어머니!"

통화는 짧았다. 지현이 아버지를 위한 해장국을 끓이고 있었기 때문이다.

"아! 전무님, 어서 오십시오. 그러지 않아도 기다리고 있었습니다."

"그래요? 결과 나왔나요?"

"네, 나왔습니다. 놀라지 마십시오. 연비가 무려… 연비가 무려… 리터당 112.3㎞나 나왔습니다. 고속도로 주행에서는 166㎞가 나왔구요. 이게 말이 됩니까?"

박동현 대표의 얼굴은 시뻘겋게 상기되어 있었다. 그리고 눈은 충혈되어 있었다.

어제 오후 현수가 던져 놓고 간 엔진을 장착한 스피드는 각종 테스트를 받았다.

스피드는 2,656cc, 6기통 가솔린 엔진이다. 이에 대한 배기가스 배출 허용 기준은 다음과 같다.

일산화탄소 0.46% 이하, 탄화수소 80ppm 이하, 질소산화물 670pp 이하이다.

그런데 현수가 손본 엔진은 일산화탄소 0.12%, 탄화수소

16ppm, 질소산화물 97ppm이다.

거의 완전 연소 되었기에 이런 결과가 나온 것이다.

다음은 연비이다. 시내 주행 결과 스피드의 공식 연비는 9.4km/h이다. 그런데 그것이 12배나 뻥튀기되었다.

스피드의 연료 탱크는 75리터이다.

이걸 가득 채우면 8,400km나 달릴 수 있다. 서울, 부산을 무려 열 번이나 왕복할 거리이다.

일 년에 15,000km 남짓 운행하는 차라면 딱 두 번만 주유하면 된다. 연평균 20,000km짜리 승용차라면 매년 450만 원 이상을 절약하게 된다.

자동차 회사 사장인 박동현 대표의 머릿속엔 이미 그림이 그려져 있다.

지구상의 모든 자동차 회사 위에 우뚝 서 있는 울림모터스라는 회사가.

그렇기에 한잠도 자지 못하고 현수를 기다렸다. 그러는 동안에도 스피드는 계속된 연비 측정을 받고 있다.

"거봐요. 내가 그랬잖아요. 하면 된다고."

"헐!"

박동현 대표 입장에서 보면 현수는 너무나 뻔뻔한 얼굴이다.

이런 엔진을 개발했다는 것 하나만으로도 노벨상을 받을

수 있다.

　지구 환경을 엄청나게 개선시키는 것이므로 전 세계에서 러브콜이 쇄도할 것이다.

　그런데 너무도 태연자약하여 얄밉다는 느낌마저 든다.

　"당분간 이 엔진의 개발은 비밀입니다."

　"네? 왜요?"

　말도 안 된다는 표정이다.

　"쇄도하는 주문을 소화해 낼 능력 됩니까?"

　"……?"

　"당분간은 수출용에 전력을 기울여 일단 만들어내세요. 내가 추가로 투자할 테니 생산 라인 늘리시구요. 김 선배님은 엔진 제조 회사 설립에 박차를 가하세요. 기존 업체를 인수하는 것도 한 방법입니다."

　"알았네."

　김형윤 상무 또한 앞으로 일어날 일들이 어떨지 충분히 상상된다. 그렇기에 붉게 상기된 얼굴이다.

　"새 엔진이 장착된 차는 제가 며칠 써야 합니다."

　"네? 그건 왜요?"

　혹시 다른 회사로 엔진을 빼돌릴까 싶은지 박 대표의 표정엔 우려하는 마음이 배어 있었다.

　"선박 엔진에도 적용 가능하거든요. 친구가 태백조선소에 있어요. 그 녀석 수주를 도와줘야 합니다."

"아! 그런 거라면……."

"박 대표님, 저도 울림네트워크의 주주지요?"

"그, 그럼요."

박 대표는 삽시간에 솟은 진땀을 닦아낸다.

"회사에 해 되는 일 안 할 테니 걱정 마십시오."

"아이고, 죄송합니다."

박 대표는 사내답게 두말 않고 허리 숙여 사과를 한다. 그러는 사이에 샛노란 스피드가 스르르 들어온다.

엔진음도 상당히 많이 감소된 상태이다.

생각 같아선 논 노이즈 마법으로 완전한 정숙도 가능하다.

그러면 자동차 운전하는 기분이 들지 않을 것 같아 이전보다 훨씬 조용하게 만들어놨다.

하여 어떤 차보다도 조용한 차가 되었다.

쉐보레서 만든 말리부라는 차의 광고 영상을 보면 바다 속 깊이 100m에서의 소리는 35.5㏈이다.

그리고 말리부가 해안가 도로를 달리다 멈췄을 때의 소음도 35.5㏈이었다.

참고로 40㏈은 도서관이나 낮에 주택가에서 들리는 소음이고, 50㏈은 조용한 사무실의 소음 수준이다.

현수의 엔진이 장착된 스피드는 정지 상태에서 엔진을 켜

놓았을 때 21dB을 기록했다.

참고로 30dB은 20dB보다 소음이 열 배가 더 큰 것이다.

다시 말해 조용한 것으로 이름난 말리부보다 훨씬 더 정숙한 차가 탄생한 것이다.

"이 차는 용무를 마치는 대로 반납할 겁니다. 그러니 수출용으로 제작되는 차들은 종전대로 조립하세요."

"알겠습니다. 조심해 다녀오십시오."

박동현 대표는 행여 노란색 스피드가 사라질까 두렵다는 듯 연신 보닛을 쓰다듬는다.

올림네트워크 광주 공장을 출발한 차는 곧장 잠실 롯데호텔로 향했다.

"아이고, 어서 오십시오, 전무님!"

발레파킹을 해주겠다고 다가온 주차요원 뒤에서 허리를 숙이는 이는 태백조선소 권철 전무이다.

"하하! 네에, 그동안 안녕하셨죠?"

"에구, 속이 다 탔습니다. 이번엔 당해낼 재간이 없어서죠. 우리 강 과장이 괜한 발걸음 시키는 것 같아 미안합니다."

"무슨 말씀을……. 이렇게 전무님을 뵈었으니 그것만으로도 괜찮습니다. 그나저나 커피는 사주실 거죠?"

"그럼요. 들어가십시다."

권 전무의 뒤를 따라 들어가니 서류를 뒤적이고 있는 강전호 과장이 보인다.

"강 과장!"

"네, 전무님! 어, 김 전무님, 어떻게 벌써……? 으잉, 시간이 벌써 이렇게……. 미안합니다. 이거 보느라 시간 가는 줄 몰라서……. 어서 오십시오."

강전호는 본인이 횡설수설하고 있다는 것도 모르는 표정이다. 테이블 위에는 각종 서류가 어지럽게 널려 있다.

"어서 치우게."

"네, 전무님!"

강전호와 권 전무가 주섬주섬 서류들을 챙기고야 테이블 면이 보인다.

"회사에선 가망성이 없다고 봅니다. 하여 객실에 못 있고 여기에 죽치는 중입니다."

"저는 괜찮습니다. 근데 강 과장님은 뭘 좀 먹어야 할 얼굴입니다. 사우나도 해야 하고 잠도 자야 될 것 같습니다."

"이 친구가 말을 안 듣습니다. 어떻게든 이번 계약을 성사시키겠다고 어찌나 매달리는지……. 사실 전 이번 계약 물 건너갔다고 상부에 보고했습니다. 쯧쯧!"

권 전무는 강 과장이 하도 매달려서 나온 모양이다.

"아무튼 좀 먹고, 씻고, 쉬죠. 저도 사우나 가고 싶은데 거기서 얘기해도 되는 거니까요."

"그럼 그럴까요? 이봐, 강 과장, 이거 다 챙겨."

"네에, 전무님!"

강 과장은 서류들을 가방에 넣었다.

셋은 식사를 한 후 호텔 사우나로 들어갔다. 쉬기도 해야겠기에 객실도 잡았다.

"그러니까 획기적으로 연료가 절감되는 엔진을 개발할 수 있다는 거죠?"

"개발이 아니라 기존 엔진을 손보면 그렇게 된다는 겁니다. 자동차를 예로 들자면 리터당 9.4km를 달리던 차를 손보면 112km로 연비가 좋아집니다."

"네에? 연료가 거의 12분의 1로 떨어진다는 건데, 세상에 그런 게 어디 있습니까?"

강전호는 조선소에 근무하면서도 자동차 마니아이다.

당연히 갖고 싶은 차가 많다. 그중엔 스피드도 끼어 있다. 그렇기에 금방 알아들었다.

그런데 스포츠카에서 어찌 그런 연비가 나올 수 있단 말인가!

"아무튼 선박의 연료비를 그렇게 줄일 수 있는 엔진이 있다면 오시마조선소의 제안을 이겨낼 수 있습니까?"

"당연하죠. 컨테이너선의 평균 수명은 30년가량 됩니다. 그동안 절감될 연료비를 생각하면 당연히 선택하죠."

"게다가 엔진 효율이 좋아져 선박의 속도가 늘어난다면요?"

"네? 마력수도 높아지는 건가요?"

"소음과 진동도 많이 줄어들 겁니다."

"헐! 소음까지 잡아요?"

"선박 진동 원인 중 하나가 추진기 변동 압력이죠? 이거 국제 관련규정(ISO 6954)에서 명시하는 허용치가 9㎜/sec로 알고 있습니다. 맞죠?"

"네, 맞아요."

"이게 0.42㎜/sec 정도로 줄어들게 될 겁니다."

"헐! 말도 안 되는……."

강전호의 말은 중간에 끊겼다. 현수 때문이다.

"아무튼 그럼에도 배의 속도는 빨라질 겁니다. 그럼 이익인 거죠?"

"당근이죠. 근데 그게 가능해요?"

강전호의 말에 권철 전무까지 궁금하다는 표정이다.

"저도 궁금합니다. 김현수 전무님은 농담하실 분이 아니기에 더 그렇습니다. 정말 그런 기술이 있는 겁니까?"

"있습니다. 이실리프 기술이라는 회사가 곧 만들어질 텐데 그곳은 가능하죠."

"세상에, 맙소사!"

권철 전무가 말도 안 된다는 표정을 지을 때 현수의 말이 이어졌다.

"강 과장님은 스피드 한 대를 수배해 오세요. 렌터카 업체를 찾아보면 있을 겁니다. 그리고 제가 가져온 차와 비교하는 실험을 보여주세요. 리앙리쉬 아폰테 사장님에게요."

"알겠습니다. 나가자마자 그러죠."

강전호 과장은 상당히 고무된 표정이다. 하지만 권철 전무는 반대로 심각하다.

"근데 아폰테 사장님이 그 실험을 직접 보려고 하실까요?"

자동차 연비 측정은 세심한 준비가 있어야 한다. 조선소 직원들은 당연히 그럴 일을 하지 못한다.

게다가 현수의 차는 리터당 112㎞를 달린다.

시내 주행에서 이만한 거리를 이동하려면 상당히 많은 시간을 잡아먹는다.

바쁜 아폰테 사장이 무슨 마음에 이를 참고 견뎌주겠는가!

그렇기에 획기적이기는 하지만 상대의 마음을 움직일 수 없을지도 모른다는 생각을 한 것이다.

권 전무의 발언에 강전호의 표정이 금방 굳어진다. 그의 우려가 타당하기 때문이다.

"제가 아폰테 사장님과 면식이 있습니다. 그러니 시험을 참관하도록 해드릴 수 있을 겁니다."

"네에? 정말요? 아! 고맙습니다."

강전호가 먼저 뛸 듯이 기뻐한다.

그런데 권 전무의 이맛살은 이번에도 잠깐 펴졌다가 다시 구겨진다.

"전무님, 왜 그러세요? 김 전무님이 연락해 주신다잖아요."

"에구, 이 사람아, 우리도 염치라는 게 있어야지."

"네?"

"엔진 개조해 주고, 소음 줄여주고, 선박 속도를 빠르게 해 주는 것만으로도 미안할 판에 아폰테 사장님까지 움직여 준다시잖나. 우린 아무것도 주는 게 없는데……. 얼굴을 못 들겠네."

첫인상처럼 권 전무는 권모술수와는 관계없이 순전한 능력만으로 진급한 사람인 것 같아 현수는 기분이 좋았다.

"태백조선소에서 왜 주는 게 없습니까?"

"미안합니다. 천지건설 소속이시니 진급을 시켜 드릴 수도 없고 보너스도 드릴 수 없습니다."

감사의 뜻으로 돈을 주면 두 그룹 간에 싸움이 벌어질 수도 있다.

사람 빼가는 것으로 비춰질 수 있기 때문이다.

"태백조선소에서는 강 과장을 제 친구로 주었습니다. 그러면 된 거지요."

"친구요?"

"네, 둘이 친구하기로 했습니다. 안 그래, 강 과장?"

"으응! 네. 아니, 그래. 그랬지."

강전호는 몹시 어색한 표정이다.

회사는 다르지만 과장이 전무에게 어찌 쉽게 말을 놓겠는가!

게다가 천지건설은 태백조선소보다 더 큰 회사이다. 그렇기에 떨떠름한 표정이다.

그러거나 말거나 현수는 전호의 어깨를 두드리며 권 전무를 바라본다.

"아무튼 이 일은 제가 친구를 위해 하는 일입니다. 너무 심려하지 마십시오."

"에구, 그래도 미안해서……."

권 전무가 어찌 이런 속내를 모르겠는가! 하여 몹시 미안한 표정이다.

"괜찮습니다. 강 과장, 여기서 나가면 곧바로 차를 수배해. 나는 울림네트워크에 연결해서 연비 테스트를 준비해 달라고 할 테니."

"끄응! 울림네트워크까지……. 김 전무님, 대체 왜 이러십니까? 아무리 강 과장하고 친구하기로 했다지만 너무 신세를 져서……. 아무튼 고맙습니다. 이 은혜 꼭 갚겠습니다."

"네에, 그러세요. 성사되고 나면 코가 삐뚤어지도록 한잔 사십시오. 아셨죠?"

"아이고, 물론입니다. 열 번, 아니, 백 번 삐뚤어질 때까지 사겠습니다."

"네, 그리고 저 막걸리와 빈대떡 무지하게 좋아합니다. 꼭 기억해 주십시오."

"에구, 네에."

돈 많이 들어가는 비싼 접대는 받지 않겠다는 뜻을 어찌 모르겠는가!

권철 전무는 내내 미안한 표정을 지었다.

아무튼 화기애애한 분위기 속에서 사우나를 마친 셋은 나오자마자 이곳저곳에 연락을 한다.

울림네트워크 박 대표는 기꺼이 연비 측정을 하겠다고 한다.

그렇지 않아도 차만 있으면 더 해보고 싶었던 것이다.

다음엔 아폰테 사장에게 전화를 걸었다.

띠리링, 띠리리리링! 띠리리링!

"오! 김현수 전무. 반갑네, 반가워."

"네, 사장님. 별일 없으시죠?"

"그럼, 그럼! 요즘 아주 신나서 돌아다니네. 근데 어딘가? 콩고민주공화국에서 거는 건가?"

"아뇨. 아래층에 있습니다. 지금 롯데호텔이거든요."

"으잉? 그래? 그럼 올라오게."

"알겠습니다. 잠시 후에 뵙죠."

아폰테 회장은 로얄스위트룸에 머물고 있다고 한다.

띵똥―!

벨소리가 울리기 무섭게 객실 문이 활짝 열린다. 그리곤 환히 웃는 아폰테 사장의 얼굴이 보였다.

"오오, 어서 오게. 반갑네, 반가워."

"하하, 네에. 근데 엘리자베스 사모님은 어디 가셨습니까?"

"으응, 그 할망구 요즘 펄펄 날아. 손주들 줄 거 산다고 백화점으로 갔네."

"아! 그렇군요. 사모님 몸은 괜찮으신 거죠?"

"그럼! 우리 고명한 김 전무의 치료 덕분이네. 으하하하!"

아폰테 사장은 혈기왕성한 모습이다. 희석한 회복 포션 덕분일 것이다.

"그나저나 바쁜 자네가 웬일인가?"

"두 가지 부탁이 있어서 찾아뵈었습니다."

"두 가지? 뭔가. 말해보게."

무엇이든 들어줄 준비가 되었다는 표정이다.

"네! 첫째는 사장님의 전용기를 빌려달라는 겁니다."

"전용기? 호오, 전에 얘기했던 신혼여행? 자네 결혼하나?"

"네, 이번 크리스마스이브에 합니다."

"와우! 축하하네, 축하해! 하하, 이거 크게 축하할 일이군. 좋아, 좋아! 비행기 빌려주지. 내 별장들도 다 빌려줄 거네. 단 조건이 있어."

"네? 무슨 조건이요?"

"나하고 우리 할망구를 자네 결혼식에 꼭 초청하라는 거네. 안 그러면 안 빌려줄 거네."

"에구, 그야 당연한 말씀이지요. 제가 사장님과 사모님을 안 모시면 누굴 모시겠습니까? 근데 이거 아십니까?"

"뭘 말인가?"

금방 궁금하다는 표정을 짓는다. 노회한 기업가라기보단 천진난만한 어린이 같은 모습이다.

"한국에선 결혼하는 부부에게 하객들이 선물하는 관습이 있습니다."

"오, 그래? 그거 잘되었네. 그렇지 않아도 자네에게 선물하고 싶은 게 있었는데 잘되었네."

다소 익살스런 표정이었기에 아폰테 사장의 이 말을 농담 비슷하게 받아들인 현수는 훗날 크게 놀라게 된다.

"아! 그래요? 하하, 기대가 되는군요."

"자아, 두 번째 부탁은 뭔가?"

"태백조선소에서 MSC 사의 계약을 따내려고 노력하고 있는 거 아시죠?"

"아네. 하지만 오시마조선소에서 내놓은 조건에 훨씬 못 미쳐서 안 만나고 있네. 괜한 고생 시키지 않으려고."

친분은 친분이고 사업은 사업이라는 듯 금방 냉정한 표정이 된다.

그러거나 말거나 현수의 말은 이어졌다.

"오늘 오후에 태백조선소에서 뭔가를 보여 드리려 할 겁니다. 제 두 번째 부탁은 그냥 그걸 봐달라는 겁니다."

"보여줘? 뭘?"

"후후! 그건 비밀입니다. 하여간 봐주십시오."

"뭐, 보는 거야 어렵지 않지. 그렇지 않아도 할망구 쇼핑이 끝나길 기다려야 하는 신세였으니 차라리 잘되었네. 아무튼 자네 부탁이니 보겠네."

"고맙습니다."

"고맙긴. 그나저나 어떻게 지냈나? 그동안 재미있는 일 없었어?"

"왜 없었겠습니까? 그나저나 사장님 큰일 났습니다."

"왜? 무슨 일 벌어졌어?"

"아까 제가 그랬잖아요. 한국에선 결혼하는 부부에게 선물하는 관습이 있다고요."

"그래, 그랬지."

"크리스마스이브에 결혼식을 하고 사장님 전용기를 타고 콩고민주공화국으로 갈 생각입니다."

"신혼여행을 그리로 가나?"

"아뇨. 신혼여행은 융프라우에 있는 사장님 별장으로 갈 겁니다. 괜찮죠?"

"그럼, 괜찮고말고. 언제든 쓰게. 근데 콩고민주공화국에는 왜 가는가?"

"거기 가면 신부가 두 명 더 있거든요."

"뭐어? 그, 그럼 신부가 셋……?"

"하하, 네에. 어쩌다 보니 그렇게 되었습니다."

"하하! 이 사람아, 축하하네, 축하해. 한꺼번에 세 여인을 얻다니. 모두 미인이지?"

"그야 당연하지요. 근데 이건 비밀입니다."

"왜?"

"사모님이 아시면 절 짐승으로 여기실 것 아닙니까."

"짐승? 짐승이 아니라 사내들의 로망이지. 안 그런가? 하하, 하하하! 하여간 자넨 대단해. 정말 대단해. 그나저나 신부들 사진은 있어?"

"사진이요? 아, 네. 여기……."

현수는 카카오톡에 있는 지현과 연희, 그리고 이리냐의 사진을 차례로 보여주었다.

"이런, 세상에! 자넨 진정한 능력자이네. 부럽네, 부러워!"

아폰테 사장은 같은 사내로서 진심 어린 축하를 한다.

현수는 아폰테 사장과 화기애애한 시간을 보냈다. 그리곤 천지건설 본사로 향했다.

"어서 오세요, 전무님!"

"조 대리님, 계속 그렇게 뚱해 있을 거예요?"

"네, 그럴 거예요. 제가 강연희 대리보다 못한 게 뭐죠?"

조인경 대리는 마음에 품고 있는 걸 터뜨린다는 표정이다. 소위 이판사판으로 대들어보는 것이다.

"조 대리님은 강연희 대리보다 못한 거 하나도 없습니다."

"그런데 왜 강 대리를 택하신 거죠?"

그렇게 디밀었는데 왜 나를 버렸느냐는 원망 섞인 표정이다.

현수는 뭐라 할 말이 없어 잠시 머뭇거렸다. 이 순간을 모면케 해준 사람은 바로 신형섭 사장이다.

"어라? 이 사람, 왔으면 그냥 들어오지 왜 여기 있어?"

"아, 안녕하셨어요?"

"그래, 자네 덕분이네. 들어가세. 참, 나 화장실 좀 갔다 오겠네. 조 대리, 김 전무 좋아하는 그거 있지? 영국에서 가져왔다는 그거. 오랜만에 그거 내와."

"네."

대답은 했지만 조인경 대리의 시선은 싸늘했다. 현수는 얼른 사장실로 들어가 소파에 앉았다.

잠시 후, 조인경 대리가 전에 내왔던 음료수를 내온다.

탁一!

탁자에 컵 닿는 소리가 들리는 순간 둘의 시선이 마주친다.

"저도 기획영업단에 지원할 거예요."

"으잉?"

"안 된다고 하면…… 받아주실 거죠?"

"끄응!"

현수는 대답 대신 나지막한 침음을 냈다. 이번에도 분위기를 쇄신해 준 사람은 신형섭 사장이다.

"조 대리, 설마 기획영업단에 가겠다고 수 쓴 거 아니지?"

"쳇! 저 안 보내주시면 사표 낼 거예요"

"하하! 하하하! 우리 김 전무가 일등 신랑감이긴 하지. 좋아, 이번엔 내가 양보한다. 대신 시집가고 나면 비서실로 리턴이야? 알지?"

신형섭 사장이 익살스런 표정을 지었다.

CHAPTER 11
시집간 다음에 복귀하겠습니다

"고맙습니다, 사장님! 꼭 김 전무님에게 시집간 다음에 다시 복귀하겠습니다."

조인경 대리는 얼른 고개 숙여 인사를 하고는 밖으로 튀어나간다.

"하하! 우리 조 대리는 유머 감감이 탁월해. 안 그런가?"

"네? 아, 네에."

현수는 어색한 미소를 지을 수밖에 없었다.

방금 전 상황에서 어디까지가 진심이고 어디부터가 농담인지 확연히 구별되었기 때문이다.

신형섭 사장은 사람 좋은 미소를 지으며 소파에 앉았다.

"김 전무가 이렇게 아무 소식 없이 귀국한 거 보면 뭐 좋은 일 있는 거 같은데, 뭔가?"

"네? 아, 네에."

잠시 조인경과의 관계를 걱정하느라 신 사장의 말을 설피 들은 현수는 얼른 정색을 했다. 미처 이런 상황을 캐치하지 못한 신 사장이 환한 미소를 지으며 묻는다.

"요즘 킨샤사는 어때?"

"크게 다를 바 없습니다. 모든 업무가 순조롭습니다."

"그래, 모든 게 자네 덕이네. 우리 천지건설이 1위 자리에 오른 것도 자네 덕분이고. 고맙네. 내가 무슨 복이 있어 자네 같은 사람과 같이 있는지……."

"에구, 사장님도 참……."

면전에서 대놓고 하는 칭찬에 현수는 얼굴을 붉혔다.

"그나저나, 웬일인가? 진짜로 무슨 일 있는 건 아니지?"

"네, 큰일은 없습니다. 다만 상의드릴 일이 있어서요."

"상의? 뭔가 말해보게."

"혹시 통일부 사람 중 아는 분 있으신가요?"

"통일부? 갑자기 통일부는 왜?"

신 사장은 의아하다는 표정이다. 너무나 뜬금없기 때문이다.

"제가 북한 사람들과 접촉해 봐야 할 일이 생겨서요."

"북한 사람을 자네가 만나? 왜?"

"그게… 아직 확정된 게 아니라 사장님께 보고 못 드리는 일이 있습니다."

"뭔가? 확정 안 되었더라도 회사 일이라면 말하게."

신 사장은 소파에서 등을 떼었다. 뭔가 엄청난 일이 벌어질 것이란 예감 때문이다. 그래선지 전신의 솜털이 모두 일어서는 진귀한 경험을 하고 있다.

저도 모르게 진저리를 친 신 사장은 형형한 안광으로 현수를 바라본다.

"그게… 아직 확정된 게 아니라……."

현수의 말은 이어지지 못했다.

"괜찮다니까. 진짜 뭐든 괜찮네. 그러니 뭔지 말만 하게. 내 능력이 닿는 한 최선을 다해 돕겠네."

"……!"

"어허! 괜찮다니까. 어서 말해보게."

신 사장의 표정을 본 현수는 잠시 머뭇거리다 입을 열었다.

"먼저 지금부터 제가 말씀드리는 사항은 극도의 보안을 요구합니다. 상대에서 그런 요구가 있었기 때문입니다."

"…알겠네. 입을 굳게 다물지."

"제가 말씀드리는 사항이 외부로 발설될 경우 이번 일이

무산될 수도 있으며 자칫 회사의 존망도 우려됩니다. 그래도 들으시겠습니까?'

"으음! 그 정도인가? 그럼 그룹 회장님은 어떤가?"

신형섭 사장은 전문 경영인이다. 반면 천지그룹 총괄 회장인 이연서 회장은 기업인이다.

자신은 감당할 수 없더라도 정재계에 두루 발이 넓은 이 회장이라면 우려하는 일을 커버할 수 있느냐는 물음이다.

"사장님이 계시는데 계통을 무시하고 회장님과 독대할 수는 없습니다. 먼저 들으시고 전해주십시오.. 들어보시면 알겠지만 지극한 보안을 요구하는 일입니다."

현수의 심각한 표정을 읽은 신 사장은 주머니에서 휴대폰을 꺼낸다.

"…그럼 이렇게 하세. 내가 회장님께 전화를 하겠네. 자네가 직접 보고하게. 난 안 들어도 되네."

"그건 안 됩니다. 누가 뭐래도 제 직속상관은 사장님입니다. 차라리 윤곽이 조금 더 드러나면 그때 보고 드리겠습니다."

"아니네. 내 직감상 이건 내가 감당할 수 없는 일인 듯싶네. 회장님을 만나게. 내게 먼저 이야기한 것처럼 하고 말씀드리면 안 되겠는가?"

신형섭 사장은 전문 경영인으로서의 촉이 살아 있다.

그렇기에 현수가 무엇을 말하려는지 알 수 없지만 매우 중요한 일이라 판단하였던 것이다.

"사장님!"

"아냐. 그게 날 도와주는 일이네. 내 뜻대로 하세."

"…네에, 알겠습니다."

현수가 고개를 끄덕이자 신 사장은 핸드폰의 단축 다이얼을 누른다. 나지막한 컬러링이 들리고 얼마 지나지 않아 이연서 회장이 전화를 받는다.

"오! 그래, 신 사장!"

"회장님, 별고 없으시죠?"

"그럼. 내가 뭐 별일 있겠는가?"

"회사 일로 잠시 뵈었으면 합니다. 제주도에 있는 회장님 별장 어떨까요?"

"유니콘 아일랜드 말인가?"

유니콘 아일랜드는 제주도 섭지코지에 있는 일종의 콘도미니엄이다. 다만 여타 콘도와 다른 점은 300여 채에 이르는 별장식 콘도미니엄의 주인이 각기 하나뿐이라는 것이다.

다시 말해 돈 있는 부자들에게 별장을 분양하고 관리해 주는 회사가 바로 유니콘 아일랜드이다.

이곳의 특징 중 하나는 사회적으로 성공한 기업가가 아니면 돈을 아무리 많이 줘도 분양해 주지 않는다는 것이다.

저명인사, 또는 기업가라 할지라도 사회적 물의를 일으킨 인사는 회원으로 받지 않는다. 아무런 결격 사유가 없다 하더라도 주위의 평판이 나쁘면 그 또한 분양하지 않는다.

특히 정치인들에겐 분양하지 않는 것으로 유명하다.

전설의 동물 유니콘은 영험한 능력이 무한대로 샘솟는 뿔을 가진 동물이다. 이 녀석은 순결한 처녀를 좋아하는 것으로 알려져 있다. 하여 순결한 처녀를 만나면 그녀의 곁에 엎드려 잠든다고 한다. 하여 유니콘을 잡는 미끼로 순결한 처녀가 이용되었다는 말이 전해진다.

아무튼 유니콘 아일랜드가 이 이름을 택한 이유는 사회적으로 순결한 사람들에게만 멋진 경관을 즐길 수 있는 별장을 분양하겠다는 의도이다.

다시 말해 인격 괜찮은 사람들에게만 판다는 뜻이다.

하여 각기 다른 디자인으로 건축된 별장 가운데 150여 채는 아직 미분양 상태이다.

"네, 거기서 회장님을 뵈었으면 합니다. 오늘 저녁에."

"허어, 오늘 저녁에? 내 스케줄은 싹 무시하고?"

이어서 회장은 이 무슨 일이냐는 음성으로 말을 잇는다.

"말하게. 대체 무슨 일인가? 건설에 뭔 일 났나?"

"김현수 전무이사가 중요한 보고를 드릴 게 있다고 합니다."

"김 전무가? 알겠네. 지금 즉시 제주도로 가지. 어디에 있을 건지는 프런트에 말해놓겠네."

"네, 감사합니다. 그럼 이따 뵙지요."

신 사장은 전화를 내려놓고는 즉시 인터컴을 누른다.

삐리리리리링—!

"네에."

"조 대리, 제주도행 항공 티켓 두 장만 구해줘. 가장 빠른 걸로. 급한 거니까 꼭 구해야 하네."

"네에, 사장님!"

"우린 출발할 테니 최 기사더러 차 대라고 하고. 가는 동안 티케팅이 끝나 있도록 조치해 줘."

"네에, 알겠습니다."

통화는 간단명료했다.

"진짜 지금 출발하실 겁니까?"

"가는 동안 조 대리가 알아서 티켓 구해줄 거네. 가세."

"알겠습니다."

본사를 떠나 김포공항에 이르기까지 둘은 평범한 이야기만 나눴다. 보안 때문이다.

김포공항에 당도하니 누군가 다가와 티켓을 내민다.

"여기가 제주도군요."

"그래."

제주공항에 당도한 현수는 촌놈처럼 주위를 두리번거렸다. 난생처음 제주를 방문했기 때문이다.

"아! 저기……."

신형섭 사장이 손짓한 곳을 보니 천지건설이라는 팻말을 들고 있는 사내가 있다.

"사장님, 그리고 전무님, 어서 오십시오. 제주도 오션뷰파크 현장의 최인세 과장입니다."

30대 후반으로 보이는 사내가 정중히 고개 숙인다.

"그래, 반갑네. 그리고 수고가 많네."

"저희 현장에 가려고 내려오신 겁니까?"

"아냐. 유니콘 아일랜드라고 알지?"

"그럼요. 저희가 시공한 곳인데요."

"거기까지 데려다 주게."

"알겠습니다. 제가 모시겠습니다."

잠시 후, 신형섭과 김현수는 최인세 과장이 동석한 차를 타고 이동했다.

"성산 일출봉이 제주 풍경의 황제라면 섭지코지는 황태자 같은 곳입니다. 섭지코지는……."

최 과장은 형섭과 현수가 제주도에 놀러 온 것으로 생각하는지 관광가이드같이 여러 가지 이야기들을 늘어놓았다.

그때마다 둘은 건성건성 대꾸했다. 각기 다른 상념에 잠겨 있는 탓이다.

그러는 동안 차는 유니콘 아일랜드로 접어든다.

메인 타워에 당도하니 호텔처럼 높은 모자를 쓴 도어맨이 다가와 문을 열어준다.

"어서 오십시오. 유니콘 아일랜드에 오심을 환영합니다."

"네에, 환대해 주셔서 감사합니다."

현수가 대꾸하는 사이에 신 사장은 최 과장에게 뭔가 지시를 내리곤 차에서 내렸다.

텅! 텅—! 부우우우웅—!

최 과장을 태운 차가 떠나간다.

"네, 회장님. 네, 알겠습니다. 네, 곧 뵙겠습니다."

통화를 마친 신 사장은 안으로 들어가 데스크 직원들과 잠시 대화를 나눴다. 그러는 동안 현수는 주위 풍광을 살폈다.

이곳은 바다 끝의 튀어나온 부분을 일종의 휴양지로 가꿔 놓은 곳이다. 곁의 안내판을 보니 식물원도 있고, 공연장도 있으며, 곳곳에 별장들이 세워져 있다.

300여 채의 별장은 이곳저곳 풍광 좋은 곳에 지어져 있고, 그와 별도로 콘도미니엄으로 사용되는 건물도 여러 채 보인다. 안내 간판을 보니 관광객들도 입장료만 내면 들어와 구경할 수 있도록 되어 있다.

자세히 살펴보니 별장들은 독립성과 차별화가 콘셉트인 듯하다. 똑같은 디자인이 하나도 없다는 것이 그에 대한 반증이다.

두리번거리는 동안 웬 차가 입구로 다가온다. 마이바흐이다.

"신형섭 사장님!"

"아! 여깁니다."

현수와 신 사장을 태운 마이바흐는 유니콘 아일랜드의 가장 구석에 위치한 세심각(洗心閣)으로 향한다.

유니콘 아일랜드에서 가장 규모가 큰 별장이다. 전통 기법으로 재현된 멋진 이 한옥은 ㅁ자 형으로 지어졌다.

아까 읽었던 설명서에 의하면 한옥과 양옥의 장점만을 취해 지은 건물이라 생활하기에 아주 편할 것이다.

끼이이익—!

자동차가 멈추자 40대 중반쯤 되는 장년인이 웃음 지으며 나와 문을 열어준다.

"어서 오십시오, 사장님. 세심각에 오신 걸 환영합니다. 그리고 오랜만에 뵙습니다."

"아! 민 집사군요. 오랜만이네요."

"네에. 회장님께서 기다리십니다. 드시지요."

"그럽시다. 김 전무, 어서 가세."

"네에."

신형섭 사장의 곁에 있던 젊은 청년을 수행 비서쯤으로 여리고 있던 민 집사의 눈이 커진다. 그룹 전체에 막대한 영향을 끼친 전무이사 본인일 것이라곤 상상치 못한 때문이다.

"허허! 어서 오시게."

실내로 들어가니 넉넉한 한복을 걸친 이연서 회장이 너털웃음을 터뜨리며 두 팔을 벌린다. 환영한다는 뜻이다.

"회장님, 안녕하셨습니까?"

"그럼, 그럼! 김 전무 덕에 요즘 아주 좋네. 하하하! 민 집사, 밀양댁에게 말해 음료수 좀 내오게."

"네, 회장님!"

민 집사가 물러나자 이 회장은 보료에 앉는다.

"자! 자네들도 앉지."

"네, 회장님!"

이연서 회장의 좌우에 자리를 잡자 40대 초반의 선 고운 여인이 식혜와 수정과를 내왔다.

"우리 밀양댁 수정과 만드는 솜씨가 일품이네."

"아! 그런가요? 그럼 맛 좀 보겠습니다."

신형섭 사장이 수정과 맛을 음미하는 모습을 본 밀양댁은 배시시 미소를 짓고는 천천히 물러났다.

"자네도 들어. 진짜 맛 괜찮으니까."

"네에."

현수 역시 수정과를 맛보았다. 입안 가득히 청량감이 느껴진다. 계피의 독특한 냄새를 오랜만에 접해 그러는지 왠지 더 달콤하다는 느낌이다.

"그래, 중요하다는 이야긴 뭔가?"

"네, 여기 있는 김 전무가 통일부 사람들을 만나게 해달라고 해서요."

"통일부?"

이 회장 역시 애초의 신 사장처럼 의아하다는 표정이다.

한낱 건설사 직원이 북한과 관련된 정부부처 관료와의 접촉을 요구하는 건 뭔가 이상하기 때문이다.

"여기서 말씀드려도 됩니까?"

현수의 시선을 받은 신 사장이 이 회장을 바라본다.

"회장님, 극도의 보안이 요구되는 일이랍니다."

"흐음, 그런가? 민 집사! 민 집사! 게 있나?"

"네, 회장님!"

언제든 명이 떨어지면 임무를 수행하려 문밖에 대기하고 있던 민 집사가 장지문[11]을 열고 고개를 디민다.

"보안이 필요한 일이 있네. 하니 주위 사람들을 물리게. 자네도 잠시 나가 있고."

---

11) 장지문:방과 마루, 또는 방과 방 사이에 있는, 장지 짝을 덧단 지게문.

"알겠습니다. 잠시만 기다리십시오."

대답을 끝으로 닫혔던 장지문이 다시 열린 것은 대략 3분쯤 지난 후이다.

"회장님, 사람들 모두 물렸습니다. 얼마나 대기시킬까요?"

이 회장은 대답 대신 현수를 바라본다. 시간이 얼마쯤 걸릴 일이냐는 무언의 물음이다.

"두 시간쯤 산책을 보내시는 게 좋을 것 같습니다."

"흐음, 그런가?"

현수에게서 시선을 뗀 이 회장이 민 집사를 바라본다.

"들었지? 두 시간쯤 있다 오게. 유니콘 아일랜드를 한 바퀴 휘 돌아보는 것도 괜찮겠군. 이 시각 이후로 세심각엔 우리 셋만 있어야 하네."

"알겠습니다. 그리하지요."

장지문이 또 닫혔고, 잠시 후부터는 아무런 소음도 들리지 않았다. 모두가 떠난 것이다.

"자아, 이제 말을 하게. 대체 무슨 일인가?"

"북한 사람들을 만나봐야 할 일이 생겨서 그렇습니다."

"그러니까 북한 사람을 왜 만나야 한다는 겐가?"

"이번에 저는 모스크바를 방문했습니다. 거기서 블라디미르 푸틴 러시아 대통령과 메드베데프 총리를 만났습니다."

현수의 말에 둘 다 화들짝 놀라는 표정을 짓는다. 신형섭 사장도 그러하지만 이연서 회장도 푸틴을 쉽게 만날 수 없다.

그런데 젊디젊은 현수가 마치 친구 만나고 온 듯 이야기하니 깜짝 놀란 것이다.

"뭐어? 그, 그래서?"

"동시베리아 야쿠티아 자치공화국에는 카얀다 가스전이라는 것이 있습니다. 이곳으로부터 극동 블라디보스토크까지 약 3,200㎞에 이르는 파이프라인 연결 공사 및 그곳으로부터 북한을 거쳐 남한에 이르는 제반 공사를 따낸 것 같습니다."

"뭐, 뭐어?"

"헐!"

이 회장과 신 사장 모두 기함할 듯 놀라는 표정이다.

"자세한 공사비는 추후에 산정해 봐야 알겠지만 수년 전 산출한 금액이 가스전 개발에 4,300억 루블(15조 6천억 원), 블라디보스토크까지 연결 공사는 7,700억 루블(27조 9천억 원) 정도 되는 것으로 알고 있더군요."

"……!"

"헐……!"

둘은 입을 딱 벌렸다. 40조를 훌쩍 뛰어넘는 공사이다.

콩고민주공화국에서 수주한 2,432㎞짜리 고속도로는 437억 5천만 달러이다. 한화로 환전하면 약 47조 원이다.

이것 덕분에 천지건설은 확고한 국내 1위 건설사가 되었다. 브랜드 밸류가 크게 상승하는 탓에 모두 고전을 면치 못하는 아파트 분양 시장에서도 발군의 계약률을 이룩했다.

현수가 말한 공사비를 다시 산정하면 몇 년 전보다 훨씬 많아질 게 자명하다. 게다가 블라디보스토크에서 북한을 거쳐 대한민국에 이르는 공사가 빠진 상태이다.

그것까지 포함시키면 이번 공사는 최소가 50조 원을 넘는 어마어마한 것이 되어버린다.

그런데 그 공사에 대한 제반 공사를 따낸 것 같다는 말을 한다.

공사 수주를 위해 영업비로 쓴 건 단 한 푼도 없다.

천지건설에 기획영업단이 만들어졌고, 그곳에 소속된 인원은 딱 셋이다.

박진영 과장과 강연희 대리, 그리고 김현수 전무뿐이다. 사무실을 유지하기 위해 들어가는 비용조차 아직 청구되지 않았다. 다시 말해 세 사람 월급 준 것밖에 없다.

그런데 모든 사원이 전심전력으로 매달려 몇 년간 노력을 해도 수주할까 말까 한 공사를 또 따냈다는데 어찌 놀라지 않겠는가!

"김 전무! 자넨 대체……! 어휴! 내가 말을 말아야지."

신형섭 사장이 질린다는 듯 고개를 설레설레 흔든다.

반면 이연서 회장은 현수의 얼굴을 빤히 바라보며 눈빛을 빛내고 있다.

'이놈, 진짜 물건이다. 무슨 수를 쓰던 꼭 잡아야 한다. 세상에 어떻게 이런 물건이 있지? 속된 말로 이놈은 대박 중의 대박이야. 수린이 정도면 될 줄 알았는데…… 끄으응!'

이연서 회장 역시 잠시 후엔 고개를 설레설레 흔든다. 현수를 천지그룹에 잡아둘 아무런 대책이 없었기 때문이다.

"좋네. 그룹에서 어떤 지원을 해주면 되겠는가?"

"네, 푸틴 대통령과의 회담에서 북한을 통과하는 공사에 대한 전권을 이양받았습니다. 그러려면 북한 인사와 접촉하여 그쪽 의견을 타진하는 등의 일이 필요할 것 같습니다."

"그 일은 내가 대신 해줄까?"

이연서 회장은 북한 인사들에게 뇌물을 줘서라도 일을 해결할 생각을 품었다.

"아닙니다. 제가 가야 합니다. 푸틴이 인정한 건 저니까요."

"흐으음! 위험할 수도 있는 그곳에 자넬 보내고 싶지 않네."

"그래도 제가 가야 합니다. 가서 설득하겠습니다."

"그게 될까? 지난번에도 그쪽 때문에 포기했다 들었는데."

이연서 회장의 말은 사실이다.

김정일 국방위원장의 갑작스런 사망과 김정은 국방위원회

제1위원장의 불안한 정권 장악 때문에 진행되던 일 전부가 없었던 걸로 되어버렸다.

지금 현수는 다 꺼진 불씨를 활활 일으켜 다시 가져온 것이다. 그리고 이 공사는 천지건설뿐만 아니라 계열사 거의 전부에게도 이득이 된다. 따라서 수주할 수만 있다면 기를 쓰고 수주해야 할 공사이다.

이것이 성사되면 러시아에서의 위상이 올라갈 것이고, 공사 경험은 다른 수주 경쟁에서 큰 힘이 될 것이다.

"이 일이 성사되려면 북한의 협조가 담보되어야 합니다. 그러니 통일부 사람들과 접촉하여 주십시오."

이곳에 오기 전 현수는 북한 인사와의 접촉 이전에 선행될 일이 있음을 확인했다.

가장 먼저 접촉 승인 신청을 해야 한다.

남북 교류 협력에 관한 법률 제9조 제3항에 따르면 접촉 예정일 15일 전까지 제반 서류를 구비하여 통일부 장관에게 북한 주민 접촉 승인을 신청하도록 되어 있다.

다음은 안내 교육이다. 그렇게 하여 북한 인사를 만난 이후에는 접촉 결과 보고를 하여야 한다.

접촉 후 10일 이내에 육하원칙에 따라 정확하고 자세하게 서류를 작성하여 제출하도록 되어 있다. 아울러 향후 계획은 정부와 협의한 뒤에 추진해야 한다.

현수는 이보다 조금 더 복잡한 절차를 거쳐야 한다. 일반적인 북한 주민을 만나려는 것이 아니기 때문이다.

경우에 따라 최고실권자인 김정은을 만나야 할지도 모른다. 당연히 사전 승인을 받아야 하는데 어떻게 해야 할지 몰라 이 회장에게 도움을 청하려 내려온 것이다.

"알겠네. 내가 선을 대어 모든 절차를 밟아주지. 근데 가스전 개발 및 연결 공사에 대한 계약서도 없이 일을 추진할 수는 없네. 이건 어떻게 이야기해야 하나?"

"아! 그거라면 이걸로 어떻게 해결되지 않을까요?"

현수가 가방에서 꺼낸 것은 푸틴과 메드베데프가 서명한 서류이다. 여기엔 방금 전 말한 가스전 개발과 연결 공사 제반에 관한 권리를 위임한다는 내용이 기록되어 있다.

"헐!"

신 사장은 또 나직한 탄성을 낸다. 푸틴과 메드베데프의 선명한 사인을 본 직후이다.

"흐ㅇㅇ음!"

이 회장 역시 나직한 침음을 낸다. 서류 맨 아래에 쓰여 있는 내용 때문이다.

이 서류의 진위를 파악하고자 하면 주한 러시아 대사를 부르라고 되어 있다. 대사를 부를 수 있는 정부 요인은 대한민국 국무총리, 또는 대통령으로 한정되어 있다.

아울러 비공식적으로 딱 한 번만 확인해 준다고 쓰여 있다.

가스전 개발 공사와 파이프라인 연결 공사가 김현수 전무에게 장악되었음을 대외적으로 알리지 못할 상황이기 때문이라는 내용도 있다.

"이 서류, 내게 줄 수 있겠는가?"

"물론입니다. 참, 말씀 안 드린 것이 있습니다."

"뭐지? 극도의 보안을 요구받았습니다."

"극도의 보안을 요구받아? 그게 뭐지?"

"푸틴 대통령은 이 서류로 진위를 파악하고 난 뒤엔 반드시 파기해 달라고 했습니다. 정부에 넘겨줘선 안 됩니다."

"알겠네. 반드시 그렇게 하지. 아니, 확인되면 자네에게 직접 되돌려 주겠네."

"네, 그래 주시면 좋지요."

"그나저나 그 공사와 관련된 자료들 있나?"

"물론입니다."

말을 마친 현수는 노트북을 꺼내 개발한 가스전의 위치부터 시작하여 파이프라인이 어떻게 연결될 것인지에 관한 내용을 상세하게 설명했다.

CHAPTER 12
내 이놈들을 당장!

THE OMNIPOTENT
BRACELET

"밀양댁에게 저녁 준비시켰네. 먹고 가게. 아님 내일 나랑 같이 올라가세."

"그러죠. 자네도 괜찮지?"

"그럼요."

현수가 싱긋 미소 짓자 신형섭 사장도 환한 미소를 짓는다.

무슨 인복이 있어 이처럼 탁월한 능력을 지닌 사람과 같이 있는지 꿈을 꾸는 것 같은 기분이 들어서이다.

조금 전 이 회장은 신 사장에게 최소 10년은 사장에 머물러 있어야 한다는 말을 했다.

현수를 꽉 잡고 있으라는 뜻이다.

현수 덕에 앞으로 10년 이상 더 천지건설 사장 자리에 있게 된 셈이다.

기분이 좋기에 이런 환한 웃음을 짓는 것이다.

"참, 자네가 지시한 것이 당도했다고 하네. 나가보게."

"아! 그렇습니까? 그럼 잠시 자리를 비우겠습니다."

신형섭 사장이 서둘러 밖으로 향한다. 아까 세심각에 당도 했을 때 오션뷰파크 현장의 최 과장에게 다금바리를 수소문 하라고 말했다.

그게 도착한 모양이다.

제주에서도 진짜 다금바리는 구하기 어렵다. 그래서 능성 어를 다금바리라 속여 파는 집도 있다.

아무튼 신 사장은 진위를 파악하러 나간 것이다.

이 회장은 창밖 풍경에 시선을 주고 있는 현수에게 물었다.

"흠흠, 전에 만났던 수린이는 마음에 안 드는가?"

"네? 아, 죄송합니다. 전 이미 사귀는 여자가 있어서."

"다른 손녀도 있는데……."

셋째 아들의 둘째 딸은 현재 고3이다.

지금은 대학 입학을 위한 공부에 매진하고 있지만 내년이 면 학교를 졸업하니 엮어볼 요량인 것이다.

"회장님……."

"왜 그러나?"

현수가 말을 잠시 끊자 이연서 회장이 빙그레 웃는다. 속내를 감추지 않겠다는 뜻이다.

"으음, 드릴 말씀이 있는데 이 또한 비밀을 엄수해 주실 수 있는지요?"

"무엇이든……. 좋네, 입을 꽉 다물지. 말해보게."

이 회장은 이번엔 또 얼마나 엄청난 소리를 듣게 될지 궁금하다는 표정이다.

"회장님 자제분 중에 화학을 맡으신 이강혁 회장님에 관한 말씀을 드리고자 합니다."

"수린이 애비 강혁이?"

"네, 이강혁 회장님에 관한 내용입니다."

전혀 뜻밖이라는 듯 이연서 회장은 눈썹을 꿈틀거린다.

"좋네, 말해보게."

"네, 이강혁 회장님은 젊은 시절……."

현수는 담담한 표정으로 가난했지만 청순 발랄했던 강진숙과 이강혁 회장에 관한 이야기를 풀어놓았다.

듣고 보니 강진숙을 본 적도 있다.

천지화학이 태동할 때 사장 비서실에 근무했던 예쁜 아가씨이다.

이연서 회장이 순간순간 과거를 되짚는 동안에도 현수의

이야기는 계속되었다.

이미 배가 부른 임신 7개월 때 이강혁에게 버림받은 강진숙이 아기를 낳았고, 고생고생하며 살았다.

그렇게 세월이 흘러 그 아이가 천지건설에 입사하였다. 부친이 누군지 모르기에 천지그룹에 입사지원서를 냈던 것이다.

그리고 얼마 전 이수린의 모친으로부터 회사를 그만둘 것을 종용받았다는 말도 했다.

아울러 서울에서 최소 200㎞ 이상 떨어진 곳으로 이사 가라는 말도 들었음을 이야기했다.

이연서 회장은 이야기를 듣는 내내 이맛살을 꿈틀거리게 했고, 눈썹을 찌푸렸다.

현수가 하는 말이 사실이라면 출생조차 모르는 손녀가 있으며 그녀의 나이가 스물일곱 살이나 된다.

운영하던 꽃가게에서 빈손으로 쫓겨나게 만든 이수린의 모친이 한 짓에 화가 났는지 부르르 떨기도 했다.

'내 이 연놈을 당장!'

이연서 회장은 끓어오르는 화를 애써 누르며 현수의 이야기를 들었다.

이윽고 모든 이야기가 끝났다.

이 회장은 남의 가정사를 왜 이렇듯 속속들이 알고 있으며,

이 시점에 왜 이런 이야기를 했느냐는 표정이다.

"그 아이는 대체 누구지? 나도 아는가?"

"네, 제가 비서로 데리고 있는 강연희 대리입니다."

"으으음!"

어찌 알았나 싶었더니 비서라고 한다.

이 회장은 부끄러운 부분을 들킨 기분이 되어 나지막한 침음을 냈다.

"내가 어찌해 주면 좋겠는가?"

"아까도 말씀드렸듯이 함구해 주셨으면 합니다."

"함구? 그런데 내게 왜 이런 이야길 했나?"

"회장님!"

"왜?"

"저 강 대리와 결혼할 겁니다."

"뭐어?"

이연서 회장이 화들짝 놀라는 표정을 짓는다.

"연희 씨는 이강혁 회장님은 부친으로 인정할 수 없답니다. 한 번도 뵌 적이 없다더군요."

"그, 그래서?"

"부친이 될 자격이 없는 사람에게 딸을 달라는 말을 어찌하겠습니까? 그래서 말씀드리는 겁니다. 저, 회장님의 손서가 되고 싶습니다. 허락해 주십시오."

자리에서 일어난 현수는 이 회장의 앞에 정중히 무릎 꿇고 고개 숙였다.

아내 될 여자의 친조부이기에 취하는 예절이다.

"…고맙네. 잘해주게."

"감사합니다. 평생 행복하도록 애쓰겠습니다."

"허허, 허허허허! 하하, 으하하하!"

이연서 회장의 웃음소리가 점점 커진다. 너무도 기분이 좋아서이다.

그러면서 자리에서 일어나라고 손짓을 한다.

손서가 불편할까 봐 해주는 배려이기에 얼른 일어났다.

"강혁이 그 녀석에겐 평생 비밀로 해주지. 어째 화학이 콩고민주공화국에 가서 아무 소득도 없었나 했네. 후후, 그럼 혼 좀 나야지. 수린이 어미도."

"……!"

"걱정 말게. 강혁이도 수린이 어미도 연희가 자네 아내라는 걸 평생 모르도록 하겠네."

"감사합니다."

"하하, 하하하! 기분 좋네. 천지건설이 업계 1위가 되었다는 보고를 받았을 때보다 더. 하하! 하하하!"

김현수라는 걸출한 인재를 잡았다는 느낌에 이연서 회장의 웃음은 끊이지 않았다.

"그리고 회장님!"

"왜? 뭐가 또 있나?"

"네, 드릴 말씀이 또 있습니다. 이 또한 함구해 주십시오."

"좋아, 뭐든지 말하게."

이연서 회장은 현수가 원하기만 하면 계열사 두어 개를 뚝 떼어주고 싶은 마음이다.

그렇기에 환한 웃음을 짓는다.

"연희와 결혼하기 전에 먼저 결혼할 여자가 있습니다."

"뭐라고?"

상식적으로 납득가지 않는 말이기에 혹시 잘못 들었나 싶어 고개를 갸웃거리며 현수를 바라본다.

"먼저 제 상황에 대해 말씀드리겠습니다. 저는……."

현수는 콩고민주공화국에 조성될 이실리프 농산과 농장, 그리고 축산에 관한 이야기를 했다.

다음엔 레드 마피아가 소유한 드모비치 상사와 연간 12억 달러 규모의 수출이 진행됨도 이야기했다.

그리고 킨샤사와 아디스아바바의 천지약품에 대해 설명했다.

이실리프 어패럴에 관한 이야기가 진행될 즈음 이연서 회장은 눈을 크게 떴다.

평범했던 회사원이 어느새 천지그룹에 육박하는 거대 기

업의 수장이 되어 있음을 느낀 것이다.

특히 제주도보다도 큰 이실리프 농산에 관한 이야기를 들을 땐 입을 딱 벌렸다. 유니콘 아일랜드도 상당히 큰 규모이다.

그런데 이실리프 농산에 비교하면 코끼리와 비스킷을 비교하는 꼴이 되어버린다.

사업에 관한 이야기를 마친 현수는 잠시 머뭇거리다 입을 열었다.

"저는 권철현 서울고검장님의 딸 권지현과 먼저 결혼을 할 겁니다. 이번 크리스마스이브에."

"……?"

대체 무슨 소린가 싶어 대꾸도 하지 않는다.

"연희와 이리냐는 현재 콩고민주공화국에 있으며 크리스마스 날 결혼을 할 생각입니다. 한국에서의 부인은 권지현이지만 콩고민주공화국에선 연희가 제 아내입니다. 러시아로 가면 이리냐가 그 역할을 하게 될 겁니다."

"으으음!"

이연서 회장은 나지막한 침음을 낸다.

"말씀드렸듯이 제가 가장 오래 머물 곳이 비날리아나 반둔두 지역이 될 겁니다. 지금은 황량한 벌판과 밀림이지만 곧 사람들이 살아갈 터전이 될 테니까요."

"연희를 행복하게 해줄 거지?"

"물론입니다. 제가 가장 사랑하는 여인이 연희입니다."

"고맙네. 애비나 할아비 도움도 없니 자네 같은 용을 문 녀석이네. 대견해. 너무 대견해. 잘해주게."

이연서 회장은 기꺼이 고개를 끄덕여 주었다.

"결혼식에는 오실 거죠?"

"당연하지. 이번 겨울은 킨샤사에서 머물겠네."

"하하, 네에. 불편함이 없으시도록 준비해 놓겠습니다."

"근데 나 혼자만 가나?"

"입만 굳게 다물어주신다면 누구든 데려오셔도 됩니다."

"알겠네. 그나저나 이제부터 자넨 내 손서네."

"고맙습니다."

"지금도 당당하지만 어디에서도 그 당당함을 잃지 말게."

"하하, 물론입니다."

스르르릉—!

현수가 웃음 지을 때 장지문이 열리고 신형섭 사장이 들어선다.

"회장님, 저녁 드셔야죠. 다금바리 준비해 놓았습니다."

"오! 그래? 좋아, 가지. 참, 둘이 먼저 가 있게. 난 화장실 잠깐 들르겠네."

신 사장과 현수가 깔끔한 식당에 발을 들여놓을 때 이연서 회장은 민 집사를 불러 이야기하는 중이다.

"네에? 정말요? 여긴 회장님이 너무도 아끼시는……."

"내 말대로 하게. 이 집보다 그 녀석이 더 중요하니."

"네, 알겠습니다. 그렇게 하겠습니다."

"험험, 그럼 다금바리 한번 먹어볼까?"

이 회장은 뒷짐 진 채 기분 좋은 미소를 짓고 있었다.

*　　　*　　　*

"아버님, 이제야 찾아뵈어 죄송합니다."

"허허, 아닐세, 아니야. 자, 안으로 들어가지."

"네. 이건 아버님 좋아하시는……."

"어허, 뭐 이런 걸 다……. 고맙네."

권철현 고검장은 현수가 내민 쇼핑백을 받는다. 안에는 시바스 리갈 로얄 샬루트 50년산이 포장되어 있다.

이 술은 1953년에 영국 엘리자베스 2세 여왕의 취임식을 기념하여 특별히 제조되었으며 딱 255병만 생산되었다.

희귀한 만큼 엄청나게 비싼 술이다.

원래는 가격이 책정되어 있지 않았는데 이 술을 미국의 한 부자가 병당 1만 달러씩 열 병을 사 가면서 가격이 붙었다.

한국엔 딱 한 병이 있는데 1,200만 원이다.

언젠가 지현이 말하길 아버지의 버킷 리스트[12] 가운데 하나가 로얄 샬루트 50년산의 맛을 보는 것이라 하였다.

애주가인 고검장은 많은 양주를 마셔보았지만 이것만은 너무 비싸 눈으로만 마셨다고 한다.

"마침 아버지도 와 계시네."

"아! 그렇습니까?"

"아버지, 김 서방 왔습니다."

"오! 그래? 어서 오게, 어서 와!"

안준환 옹은 환한 미소로 현수를 맞아주었다. 회복 포션의 과도한 복용으로 인한 부작용으로 60살 정도로 보인다.

얼굴을 뒤덮었던 모든 검버섯이 사라졌고, 쭈글쭈글했던 주름도 거의 다 펴졌다.

혈색도 매우 좋아 보인다. 모르는 사람이 와서 보면 권 고검장과 형제 사이라고 해도 믿을 판이다.

"먼저 절부터 받으세요."

"오! 그래, 그래!"

안준환 옹이 보료에 앉아 현수는 정중히 큰절을 올렸다.

"허허, 허허허! 허허! 허허허허!"

안준환 옹은 계속해서 너털웃음을 터뜨린다.

"자네 덕에 건강이 좋아지셔서 요즘은 변호사 사무소를 다

12) 버킷 리스트(Bucket list):죽기 전에 꼭 해보고 싶은 일과 보고 싶은 것들을 적은 목록을 가리킨다. '죽다'라는 뜻으로 쓰이는 속어인 '킥 더 버킷(Kick the bucket)'으로부터 만들어진 말이다.

시 여셨네. 하여 잘나가는 인권변호사가 되셨지."

권철현 고검장의 말에 안준환 옹이 고개를 끄덕인다.

"모두 자네 덕이네. 고맙네."

"무슨 말씀을……. 건강해 보이셔서 좋습니다. 참, 진맥 한 번 해볼까요?"

"오! 그래, 그래! 얼마든지."

현수는 안준환 옹의 맥문을 잡고 지그시 눈을 감았다.

"마나 디텍션!"

스르르르르릉—!

눈에 보이지 않는 마나가 맥문을 타고 들어가 오장육부는 물론이고 손끝과 발끝, 그리고 머리끝까지 휘돈다.

'거의 모든 것이 정상이네. 이 정도면 혈기왕성한 40대나 다름없을 거야.'

현수는 고개를 끄덕였다.

"아무 이상 없으신 것 같네요. 그래도 너무 기름진 음식만 드시지 말고 운동도 하셔야 합니다."

"하하, 그래, 그래! 당연하지. 요즘엔 아침마다 조깅도 하네."

"네에, 그러셔야죠."

안준환 옹은 잠시 담소를 나누다 외출해야 한다면서 자리에서 일어났다.

"아버님, 어머님, 절 올리겠습니다."

"으응. 아닐세. 새삼스레 절은 무슨……."

"지현 씨를 주시는데 당연히 절을 올려야죠."

"그, 그런가? 좋아, 그럼 그러세. 험험, 여보, 당신도 이리 와서 앉아."

"아닙니다. 첫 절이니 따로 드리는 게 예일 듯합니다.

"그, 그래? 좋아, 그럼 그러게."

권철현 고검장에겐 자식이라곤 하나뿐이다. 따라서 이런 경험이 처음이기에 몹시 어색한 듯싶다.

그래도 자리를 잡고 앉는다.

"지현일 부족한 제게 주셔서 감사합니다. 아프지 않도록, 울지 않도록 잘 보살피고 사랑하겠습니다. 지켜봐 주십시오."

"그래, 그래! 내 딸 울지 않게 잘해주게."

"네, 그럼 절 올리겠습니다."

현수가 가지런히 모았던 손을 짚으며 정중히 고개 숙이자 권철현 고검장 역시 허리를 숙여 예를 갖춰준다.

그런 그의 눈가가 축축하다. 하나뿐인 딸이 영영 가버리는 기분이 들어서일 것이다.

"제가 잘할 겁니다. 자주 찾아뵐 거구요. 지현이를 잃어버리시는 게 아니라 제가 아들이 되는 겁니다."

"그래, 그래! 고맙네, 고마워!"

검찰청에선 대쪽 같은 성품으로 유명하지만 집에선 딸 가진 아빠 중 하나이긴 마찬가지인 모양이다.

"어머님도 절 받으세요."

"그, 그래요."

곁에 있던 안숙희 여사가 자리에 앉는다.

"어머니, 평생 아끼고 사랑하겠습니다. 지현이 눈에 눈물 나오게 하면 저를 흠씬 패주세요."

"그래요. 지현이 마음에 몹시 여린 애예요. 맞지 않는 부분이 있더라도 잘 다독이며 아껴줘요."

"네, 그렇게 하겠습니다. 그럼 절 올립니다."

이번에도 더없이 정중한 절을 했고, 안 여사 역시 허리 숙여 예를 갖췄다.

현수는 잠시 두 사람 앞에 무릎을 꿇고 공손히 앉아 있었다.

"다리 저릴 테니 소파에 편히 앉게나."

"네, 그럼 그러겠습니다."

현수는 사양치 않고 자리를 옮겼다.

"여보, 김 서방이 가져온 거 있지? 그거로 한잔하게 술상 좀 봐줘."

"네에."

안 여사가 주방으로 가자 고검장이 웃는 낯으로 바라보았다.

"지난 며칠간 참 조마조마했네. 지현이가 자네와 잘못되어 싸운 줄 알았거든."

"……?"

"밤에 화장실에 가려는데 지현이가 흐느끼고 있었네. 그 아이가 그렇게 우는 건 처음이었네."

"죄송합니다. 제가 잠시 지현 씨 마음을 아프게 했습니다. 앞으론 그런 일 없을 겁니다."

"고맙네. 겉보기엔 센 거 같아도 여인 아이니 그래 주게."

주당의 부인답게 안 여사의 술상 차리는 솜씨는 번갯불에 콩 튀길 정도이다. 탁자는 금방 육포와 피스타치오, 마른 김, 참치 샐러드, 치즈, 과일 등으로 뒤덮인다.

물론 얼음도 준비되어 있다.

"헉, 이건……!"

가장 마지막에 꺼내온 술병을 본 권 고검장의 눈이 커진다.

"지현 씨가 그러더군요. 아버님이 눈으로만 마시는 술이 있다고. 그래서 그걸 가져왔습니다."

"이, 이거 엄청나게 비쌀 텐데……. 어, 얼마나 받던가?"

현수는 이 말에 대한 대답을 할 수 없었다. 안 여사가 끼어든 때문이다.

"여보, 이 술이 그렇게 비싼 거예요? 금박으로 뒤덮어서 조금 비싸 보이긴 하는데 당신이 놀랄 정도예요?"

"그럼! 이거 세상에 딱 255병밖에 없는 거야. 말해보게. 이거 가격이 얼마던가?"

"1,200만 원 조금 더 줬습니다."

"아……!"

"네에? 처, 천이백만 원이요? 이깟 술 한 병에요?"

감탄사의 종류가 달랐다. 권 고검장은 그러면 그렇지 하는 표정이고, 안 여사는 뭐가 이렇게 비싸냐는 얼굴이다.

"아버님, 어머님! 저 돈 많이 버는 거 아시죠?"

"그래, 엄청나게 벌지."

현수의 급여는 전 국민이 알고 있다.

고검장도 물론 안다.

자식의 연인이니 더 관심 갖고 신문 기사를 읽었기 때문이다.

연봉 60억이니 월 5억을 버는 셈이다. 물론 엄청난 세금이 빠져나간다.

그래도 상당히 많은 액수이다.

둘은 모르지만 현수는 이보다 훨씬 많이 번다.

킨샤사의 천지약품에서 받는 배당금만 월 5억을 넘겼다.

이제 곧 대한약품과 대한동물의약품에서도 배당을 받게된다.

이실리프 어패럴과 울림모터스, 그리고 울림엔진에서는 상상을 초월한 금액을 보낼 것이다.

"그러니 부담 갖지 마십시오."

"그, 그래, 사위 덕분에 오늘 내 입이 호강하려는 모양이네. 하하, 하하하!"

"어머, 이이는! 이거 한 병에 천이백만 원이라면서요? 이걸 다 마시려구요?"

"다 드셔도 됩니다. 다 드시면 또 가져오죠. 자아, 아버님부터 한잔 받으십시오."

"험험! 그래, 그래!"

고검장의 잔을 채운 현수는 안 여사에게도 술을 따라줬다. 현수의 잔은 고검장이 채웠다.

"자아, 우리 딸의 행복한 미래를 위하여 한잔하세."

"호호, 네에."

"네, 지현 씨를 누구보다도 행복하게 해주겠습니다."

말을 마치고는 술을 마셨다.

"크으으으! 역시… 흐으으음."

고검장은 숨으로 빠져나가는 술 냄새까지 음미하는 듯 코를 벌름거렸다.

"하여간 이이는……. 김 서방도 있는데……."

"괜찮습니다, 어머님. 이 술이 워낙 비싸서 그러시는 거니까요. 그렇죠, 아버님?"

"아버님? 흐흠, 그럼, 그럼! 내가 아버님이지. 크흐흐흐!"

고검장은 나사 빠진 사람처럼 혼 빠진 웃음을 짓는다.

"하여간……. 칫, 나도 모르겠네요."

안 여사도 기분 좋은지 평소엔 즐기지 않던 술을 홀짝거리며 줄여 나간다. 몇 순배가 돌자 고검장과 안 여사의 얼굴이 붉어진다.

반면 현수는 멀쩡하다.

현수는 계속 잔을 채우면서 기회를 노렸다.

지현 이외에도 연희와 이리냐가 있다는 것을 말씀드리고 양해를 구해야 하기 때문이다.

"참, 아버님, 아버님도 진맥 한번 해볼까요?"

"그래? 그럼 그러게. 근데 술 먹고 해도 되나?"

"원래는 안 되지만 뭐 어떻겠습니까? 전 한의사가 아닌 돌팔이잖아요."

"무슨 소리! 병원에서도 손 놓은 장인어른을 쾌차하게 하고, 우리 안 여사까지 멀쩡하게 해놓고서."

"하하, 그건 운이 좋아서입니다. 아무튼 진맥 한번 해보지요."

"그러게."

고검장의 맥문을 쥔 현수는 마나 디텍션 마법으로 탐색을 시작했다.

마법이기에 술을 아무리 많이 마셔도 상관없다.

'흐음, 역시 간이 안 좋군. 췌장의 기능도 많이 떨어졌다고? 좋아, 다음은? 대장에도 문제가 있고, 동맥경화까지?'

권철현 고검장은 겉보기에 아무런 이상도 없다. 하지만 속내를 살펴보면 문제가 있다.

술을 즐기기에 지방간이 있으며 간염의 우려도 있다.

췌장은 조만간 활동을 멈출 기세이다. 당뇨병이 시작된다는 뜻이다.

소화 기능도 저하되어 있고 대장에도 문제가 있다.

고지혈증으로 인한 동맥경화도 진행되는 중이다. 멀쩡한 건 호흡기와 뇌이다.

"흐음, 아버님도 치료를 좀 받으셔야겠어요. 제가 살펴본 바에 의하면……."

현수는 숨김없이 권 고검장의 몸 상태에 관한 이야기를 했다.

부부의 얼굴은 금방 굳어진다. 여기저기 나쁘지 않은 곳이 없다는데 어찌 마음 편하겠는가!

모든 설명을 들은 부부는 이제 어떻게 해야 하느냐는 표정이다. 이에 현수는 싱긋 웃음 지었다.

"다른 사람도 아니고 지현 씨 아버님인데 제가 그냥 놔두겠습니까? 일단 누우세요. 제가 치료해 드릴게요."

"여, 여기?"

권 고검장이 소파에 눕느냐는 말에 현수는 고개를 끄덕였다.

고검장은 얼떨떨한 표정으로 자리에 누웠다.

『전능의 팔찌』 제19권에 계속…

이제부터 전자책은

이젠북

www.ezenbook.co.kr

새로운 세계가 열린다!

서현 『조동길』　　남운 『개방학사』　　백연 『생사결』

목정균 『비뢰도』　　좌백 『천마군림』　　수담옥 『자객전서』

용대운 『천마부』　　설봉 『도검무안』　　임준욱 『붉은 해일』

진산 『하분, 용의 나라』　　천중화 『그레이트 원』

이름만 들어도 황홀할 정도의 별들의 향연!

이들의 "유료연재"가 시작됩니다!

검색창에 **이젠북** 을 쳐보세요! ▼ 🔍

拳王降臨
권왕강림

FUSION FANTASTIC STORY
무명서생 장편 소설

강렬함을 원하는가?
원한다면 읽어라!
『권왕강림』

주먹으로 마왕을 때려잡던 이계의 피스트 마스터, 카린!
나약한 왕따와 영혼이 교체되어 현대에 다시 태어나다!

"앞을 가로막는 자는 때려눕힌다!"

맨손으로 불평등한 세상을 평정할
위대한 권왕의 이름을 기억하라!

권왕 상두 강! 림!

Book Publishing CHUNGEORAM